伍子塘边

陆勤方 著

漓江出版社
桂 林

图书在版编目（CIP）数据

伍子塘边 / 陆勤方著. — 桂林：漓江出版社，2023.6

ISBN 978-7-5407-9442-2

Ⅰ.①伍… Ⅱ.①陆… Ⅲ.①散文集—中国—当代 Ⅳ.①I267

中国国家版本馆 CIP 数据核字（2023）第 083234 号

伍子塘边（Wuzitang Bian）

作　　者：陆勤方

出 版 人：刘迪才
责任编辑：王　坤
装帧设计：长　岛
责任监印：张　璐

出版发行：漓江出版社有限公司
社　　址：广西桂林市南环路 22 号
邮　　编：541002
发行电话：010-85891290　0773-2582200
邮购热线：0773-2582200
网　　址：www. lijiangbooks.com
微信公众号：lijiangpress

印　　制：苏州市越洋印刷有限公司
（江苏省苏州市越溪街道南官渡路 20 号　　邮政编码：215104）
开　　本：880mm×1230mm　1/32
印　　张：6.75
字　　数：124 千字
版　　次：2023 年 6 月第 1 版
印　　次：2023 年 6 月第 1 次印刷
书　　号：ISBN 978-7-5407-9442-2
定　　价：42.00 元

目　录

contents

伍子胥：每年端午节都会让人祭祀的人物 ……………001

陆贽：穿越归来的路上风尘仆仆 ………………………003

陆扆：一件刀光血影的大事和一条奔腾不息的大河 ………005

李甲：一个自称野夫的书画大家 ………………………007

陈舜俞：牵着白牛到枫泾 ………………………………009

柳约：一个将满腔热血空掷的抗金英雄 ………………011

陶文幹：让琅琅书声和波光潋滟的柳溪永久相伴 ………013

娄机：真的没有更多信息可以找到你 …………………015

殷澄：一个敢以一人死而换千万人活的英雄 …………017

吴森：把一个大大的义字写在自家的门楣上 …………019

吴镇：一路隐去的橡林老书生 …………………………021

盛懋、盛著：墨迹相传取次看 …………………………023

朱华玉：用精美来书写你匠心独运的极致 ……………025

杨茂、张成：戗金砚匣古称精 …………………………027

戴光远：一生的不朽之举系于兴办义塾 ………………029

林邦福：敢为饥民奔走呼喊的小官吏 …………………… 031
吴弘道：用竹林的阴凉书写医者仁心 …………………… 033
王嘉会：用一生的兢兢业业书写老学究应该有的样子 …… 035
杨任：让你的那一腔忠贞将汾湖盛满 …………………… 037
袁顺：在危难之际再唱一出《赵氏孤儿》 ………………… 039
陈以诚：和郑和一起七下西洋的御医 …………………… 041
夏原吉：一块忧欢石上书写着嘉惠之心 ………………… 043
郑时：该当人人都识君 ……………………………………… 045
胡概：一个将自己的名字书写在嘉禾大地上的
二品大员 ………………………………………………… 047
孙询：能臣干吏一老生 …………………………………… 049
姚绶：一叶沧江虹月之舟尽览吴越风流 ………………… 051
周鼎：构筑桐村小隐的文心人物 ………………………… 053
沈莱：一个写在麟溪岸边的永恒记忆 …………………… 055
项忠：那一匹驰骋疆场的骏马会将你带去远方 ………… 057
汪贵：留衣亭的故事肯定还会长久流传 ………………… 059
项经：宁以一身活数万人 ………………………………… 061
卞谌：一生书写传奇的神探 ……………………………… 063
倪璣：以县丞之名署理善邑三年 ………………………… 065
袁仁：半村居中最好的药材叫仁义 ……………………… 067
陆埘：一生坚守清贫廉洁的真君子 ……………………… 069
赖恩：一尊矗立在宾阳门城楼上的英雄雕像 …………… 071

金丹：戚家军中善于用间的高参谋士 …………………… 073
项笃寿：再写项氏家族荣耀的人物 …………………… 075
盛唐：有一种处世之道叫"恬然自处" …………………… 077
项元汴：一生才情都付给了书画彝鼎收藏 …………………… 079
许镃：一个苦民之苦、哀民之哀的父母官 …………………… 081
钱吾德：成就大明王朝万历中兴的众多官宦之一 …………………… 083
陈于王：淡泊明志与星辰大海 …………………… 085
吴志远：在荻花飞舞的祥符荡畔书写理学传奇 …………………… 087
袁黄：在书斋里端坐着思索 …………………… 089
魏大中：放不下的是那一腔忠诚与悲怆 …………………… 091
魏学洢：再也找寻不见你匍匐殉孝的背影 …………………… 093
丁宾：沉香荡畔有清风 …………………… 095
钱士晋：用劳碌两字书写了一生 …………………… 097
魏学濂：你用生命将一个愧字书写了几百年 …………………… 099
徐石麒：一个满腔悲悯的身影在风雨飘摇中行走 …………………… 101
陈龙正：相信有一座桥是为你而建的 …………………… 103
夏允彝：你背上的衣衫竟然没有打湿 …………………… 105
金七：人们在你投江的岸边修建了一座庙 …………………… 107
夏完淳：漫漫长路边的一株黄花正在开放 …………………… 109
钱士升：透过那缕缕青烟去看云 …………………… 111
曹勋：为嵌田赔亏一案而奔走呼号之作为堪称义举 …………………… 113
孙璋、倪抚：难得血性真男儿 …………………… 115

吴黄：深明大义的一代才女 ……………………………… 117
项圣谟：选择了在乡村的地头田间写意抒情 ……………… 119
曹尔堪：开一代雄健词风的文学大家 ……………………… 121
柯耸：敢于直言进谏的参议大臣 …………………………… 123
陆陇其：在石溪桥头伫立 …………………………………… 125
莫大勋：一颗清白臣心的那一声叹息 ……………………… 127
叶燮：有古君子之风的中道之士 …………………………… 129
曹鉴伦：矢公矢慎的清介大学士 …………………………… 131
广缘：一座石桥的缘分竟能照拂世间几百年 ……………… 133
许从龙：将心中之佛画成了少有的艺术奇葩 ……………… 135
钱以垲：一生勤勉书写着的就是维恭维慎 ………………… 137
蔡以台：一抹晚霞映照着古镇的绚丽黄昏 ………………… 139
曹庭栋：把一个孝字写到了极致 …………………………… 141
谢墉：帝师一生为国为君选拔栋梁之材 …………………… 143
万相宾：一个在任上病卒的清知县 ………………………… 145
钱樾：把吴镇的草书《心经》带回来了 …………………… 147
黄安涛：终究还是书生意气风发 …………………………… 149
钟文烝：有一种读书叫“引经据典” ……………………… 151
金安清：大漠的风沙掩埋了前路茫茫 ……………………… 153
钱宝廉：难得历事四朝的一个能臣 ………………………… 155
江峰青：一位风雅知县的千秋功业 ………………………… 157
周斌：一百五十首竹枝词吟唱柳溪 ………………………… 159

钟稻荪：在钟介福堂里书写仁义传奇 …………………… 161
朱循伯：将对家乡的满怀真情用钢轨在嘉禾大地铺展 …… 163
钱能训：把孝字写在最前面的人 …………………………… 165
戴补斋：人的一生可做两件毫不相关的事情 ……………… 167
袁世钊：播撒火种的革命先驱 ……………………………… 169
戴大镕：被杀害于马鸣庵东的不屈灵魂 …………………… 171
夏荷生：那一曲绕梁不绝的高亢之声日显苍凉 …………… 173
孙仲蔚：呕心沥血为中国铁路交通事业发展 ……………… 175
胡蒙子：一生只为教书育人 ………………………………… 177
柳亚子：在乐国的吟诵声中流连忘返 ……………………… 179
余十眉：雨打芭蕉风吹柳 …………………………………… 181
钱泰：一生为废除不平等条约而不遗余力 ………………… 183
张天方：一生追逐光明追求进步的人 ……………………… 185
丁悚：中国现代漫画的开先河者 …………………………… 187
黄尧：中国现代漫画的“牛鼻子老道”…………………… 189
高尚荫：在电子显微镜下研究病毒 ………………………… 191
沈少泉：在田野里飘飞着永恒的天籁 ……………………… 193
顾功叙：探究地球物理属性的人 …………………………… 195
顾锡东：一个让所有人都愿称呼为“伯伯”的老人 ……… 197
孙道临：在古镇的老街小巷里寻找乡音 …………………… 199

跋：用自己想象的样子来叙述历史 ………………………… 201

伍子胥：每年端午节都会让人祭祀的人物

在历史的长河里，你是一个人物，一个书写春秋历史的人物；在民间的信仰中，你是一个神仙，一个化身精忠安境的涛神。

伍子胥（前559—前484），名员，字子胥。楚国人，春秋末期吴国大夫、军事家。

作为一个历史人物，纵使你有率千军万马千里征战的荣光，结果，就是一个悲剧人物，怆然悲壮。

作为一个神仙符号，纵使你被诬被冤而投江屈死，结果，百年江涛汹涌不息，千年英魂始终不散。

江南水乡，汪洋泽国，或微波荡漾，或恶浪排空，也许真的是你不死的灵魂在游荡、在叹息，是你坚毅的精神在诉说、在祈愿。

所以，有一座小山，千百年来人们将它供奉为胥山。百里胥峰，松涛声声，依然能闻听吴越争战的金戈铁马，也能感悟遗留了千年百年的剑胆琴心。

所以，有一条河港，千百年来人们将它名为伍子塘。伍子塘水流南北，勾连起了吴根越角千秋万代的融合、交汇和繁华。

又是一年端阳日，胥峰已经松涛不再，不见了磨剑石，不见了伍相祠，能凭吊的只是一汪池水。胥塘依旧，水流潺潺，波光粼粼，昼夜不息地倒映着两岸千年不变的四季轮替和沧桑轮回。

那么，就去伍子塘边站立着吧。在连绵二十多里的河岸两边，遗留着众多与伍子胥相关的传说、故事，遗留着许多与伍子胥有关的地名、风景。这些传说、故事，这些个地名、风景，应该就是这一片土地千百年来对伍子胥的怀念和祭祀。

伍子塘上吹来的风里，应该带有伍子胥的味道，或许是血腥的气息，或许是烈酒的浓香。

总之，要相信的是，正是这种味道，以神仙的名义，已经在这一马平川的水乡泽国飘荡了两千多年。而且，还会继续在这一片天空中飘荡着，庇护着。

陆贽：穿越归来的路上风尘仆仆

我是在故书堆中看到你，认识你，进而崇拜你，五体投地。

在苏东坡眼里，你是一个拥有"集古今之精英，实治乱之龟鉴"的人物。你的道德文章，与六经三史一样经典，与诸子百家一样精彩。

"上不负天子，下不负所学"，是你遵循的天条守则。在千百年来的历史长河里，竟然始终如灯塔一般，为心怀天下济苍生的士人学子照亮前路。

陆贽（754—805），字敬舆，嘉善人，唐代著名贤相，史称陆宣公。大历六年（771）进士，中博学鸿词科。历任翰林学士、兵部侍郎、中书侍郎、同平章事。谥号"宣"。著有《翰苑集》22卷、《陆氏集验方》50卷等。

当你被以"宣公"的谥号写进史籍、入祀宗庙以后，人们便有了种种的溢美之论、推崇之说。贤相，或许是所有评说中最让史家世人认可的称谓。我知道，你真的是担得起这个美誉。

而真实的你，在千年之前的那个春天，在一个名为忠州的地方，是以一种凄凉的姿态悄无声息地长眠了。

你已经孤零零地被贬居在忠州十年。

起用你的诏书正在驿道上飞马送来。

“诏未至而赀卒”，史书上留下了这么一句满溢惋惜之情的记述。

还有人写下过这样的感喟：“以忠而居忠，丧于忠而葬于忠，时人焉得不因忠而怀忠乎？”斯言诚哉！

在忠州翠屏山下，你的墓茔和怀忠堂一起，修建，重修，再重修，经历着千年百年的风风雨雨、夏暑冬寒，传诵着千年百年的忠诚、贤德、智慧。

天下有众多的宣公祠。

天下有众多的思贤塔。

如何穿越了这千年百年的时空归来，那是你的事。

我知道，风尘仆仆的归途上，你的身影荣耀无限。

陆扆：一件刀光血影的大事和一条奔腾不息的大河

每一个王朝的覆灭，都会用刀剑来书写一段血腥与苦难，都会遗留下一段让后世或悲凉或愤懑的历史。

白马驿之祸，就是一段处处刀光剑影、时时腥风血雨的历史。那是大唐末年藩镇之乱的终结大剧，那是二百九十年李氏大唐的倾覆大剧。

陆扆（847—905），字祥文。唐代官员。光启二年（866）进士，累官翰林学士、中书舍人、户部侍郎。先后两次被拜同中书门下平章事，后世誉之为“两度拜相”。白马驿之祸时，与三十多人一同被害。

翻开这一段历史，就可以看到一众被绑被砍的官宦士人，也就可以看到一个个身首异处的身影。

有一个身影，就是陆扆。那是唐朝末期中兴之贤相陆贽的侄孙，那是在后世被称誉为“两度拜相”的一介书生。

这个书生，和其他一众三十多人被乱刀砍死的尸身，全都被投进了黄河的滚滚滔天浊浪之中。

在古老黄河边这个叫白马驿的地方，遍地的血光刀影，成为大唐王朝最后的哀鸣与呼叫，乱哄哄，悲凄凄。

风高月黑，狼烟滚滚。因为一件血雨腥风的大事，让这一个意气风发、挥翰如飞的书生，这一众满腹经纶、精忠报国的文武朝臣，成为黄河浊流之中的鲜红碧血，滔滔东逝，日夜不息。

一千年以后，再去那个叫白马驿的地方寻觅，除了那一条依然奔腾不息的大河，与这一段历史相关的那一众人物，这一个血腥而且悲怆的事件，早已无踪无迹，全都深深地埋没在了那一堆积满厚重尘土的古旧书籍里。

那么，面对这一段已经尘封千年的历史，这一众已经身影不再的人物，该怎样评说？

真的不知道，其实也不敢。

李甲：一个自称野夫的书画大家

翠叶彤竿已占先，
湘云千叠势争翻。
野夫不识天人面，
知是虞皇第几元？

这是李甲给苏东坡的和诗。

李甲，字景元，居华亭乡，自号华亭逸人。北宋书画家、词人。

苏东坡曾三过嘉禾，时间是在北宋熙宁六年（1073）、元丰二年（1079）和元祐四年（1089）。

苏东坡任杭州通判，调湖州知府，再任杭州知府，来来去去三过嘉兴，到茶禅寺煮茶、饮茶。茶禅寺，又名三塔寺、景德寺。李甲曾在寺内画竹，苏东坡见而题有一诗，并称李甲为“郭恕先之后一人而已”。

五代末至宋初的著名书画家

郭忠恕，字恕先，北宋绘画史论著《圣朝名画评》称其作品为“一时之绝”的神品。

苏东坡将李甲评为除郭恕先外第一人，那是何等崇高的评价。也正因此，当苏东坡在景德寺院内看到李甲的画竹，欣欣然而题写了这样的一首诗：

闻说神仙郭恕先，醉中狂笔势澜翻。
百年寥落何人在？只有华亭李景元。

李甲，字景元，居华亭乡。

倘若李甲是在苏东坡题诗的当场作和的，那么，他们竟然可称为文友。或许，按志传所云，苏东坡过嘉兴时，李甲真的可能是到景德寺院里的相聚者，起码是其中一人。李甲自号“华亭逸人”，工画，又善填词，尤善小令，且名闻于时。书画家米芾大为赞赏。

一个与苏东坡、米芾等人相互赏识的乡野村夫，即使自称野夫，终究也该为后人记取、敬仰。

李甲，自诩野夫，一个已经少有人说的书画大家。

陈舜俞：牵着白牛到枫泾

江南水乡的田野地头，常见的是从墨黑到浅灰色的水牛，或者颜色深浅不一的黄牛。

陈舜俞（？—1076），字令举，号白牛居士，湖州人，居嘉善惠民白牛村。北宋官员、学者。庆历六年（1046）进士，历官都官员外郎、山阴知县等。著有《治说》《庐山记》3卷、《都官集》30卷等。

而你，是牵着一头白牛走进我的视野的。虽然，那是在近千年以前的宋代，水乡泽国，浩淼无际。

你应该是很悠闲的，也许还有一个牧童，手持柳条，轻柔地挥动着。岸柳依依，估计是又一个稻秧播种的春天。

“人家买良田，岁取十千谷。我耕山下土，所获亦以足。”（《廉溪》）你的悠悠然，你的惬惬意，就在你的笔下。

司马光称赞你为“百人之才”，王安石仰慕你贤德无双，苏东坡更是在最使人感叹涕流的祭文中，盛赞你的学术、才能为“兼百人之器”，而你却一生清贫、俭朴。

或许，白牛只是一个传说。你弃官归隐白牛村后，自号“白牛居士”。

后人在白牛村建造了表贤祠。后世历代，凡到嘉禾大地任职的府台、县令，都得前来凭吊、祭祀。

在这里又有了一个奉贤乡，有了一条清风泾。后来，奉贤被冠为一个县名。清风泾的岸边聚集起了一个集镇，取名叫枫泾。

从白牛村到枫泾镇，你牵着白牛的身影，在晚霞如瀑的天幕上，映衬了千年、百年。

我真的相信，因为在民间就是这样传说着的。

柳约：一个将满腔热血空掷的抗金英雄

一个“三镇不可弃”的论断，让一个意气风发的书生，成为北宋末年力主抗金的铁血忠臣。

一份言兵可进毋退的奏疏，让一个以屹保孤城严州并力主聚兵收复失地的镇守刺史，将自己的名字添列进了北南两宋抗金英雄的名录之中。

柳约（1082—1145），字元礼，嘉善姚庄人。宋官员，抗金英雄。大观三年（1109）进士，历官监察御史、太常少卿、严州刺史兼浙西兵马都监、户部侍郎、敷文阁待制等。靖康年间，有“三镇不可弃”之论名世。

很少有人像柳约那样，在北宋王朝最后几年凄风苦雨的挣扎中，始终饱含满腔的精忠报国之情，不辞难，不避事，不言退，从严州，到蔡州，一无顾避，悉力捍御。

几百年以后，想象着柳约当年壮怀激烈的勃发英姿，碑传彪炳的豪迈之情，除了敬仰与钦佩，还能有什么？感喟、慨叹……英雄辈出，却又常常会英雄气短。

柳约在朝为官的几十年，朝廷或许真的只有一个“乱”字能够概说。也正因此，即使再有天纵之才，再富家国情怀，生逢乱世，除了一腔热血，又能有何等经天纬地的作为，又会有何种名垂千秋的伟业！

柳约，现如今在他的家乡，也没有几人传诵他的名字，叙述他悲壮的官场沉浮、激越的戎马生涯。

所以，我想这样大声地说，柳约，我知道你应该是个横刀立马的将军，可你终究只是个满腹经纶的羸弱书生。你的名字，应如夜空千千万万繁星中的一颗，始终闪烁着，从过往直至永恒。

陶文幹：让琅琅书声和波光潋滟的柳溪永久相伴

一个人，或一个家族，可以影响和改变一个地方，而且能够持久、长远。

因为陶文幹的迁居，柳溪的市集便得到了兴盛，市井相连，汇聚成镇。

因为陶文幹一家的到来，柳溪成了“世家鼎峙，桥亭相望”的集镇，而且改称为“陶庄”。

陶文幹（? —1187），苏州人，宋代官员，官保义郎。南宋绍兴年间迁居柳溪，兴建南陶庄、北陶庄，从此世家鼎峙，桥亭相望。开设陶家义塾，为嘉善境内有史料记录的第一所义塾。

村落成行市井连，日中云集自年年。刀锥有利图衣食，贸易无人索税钱。渔鼓画桥杨柳外，酒旗茅店杏花前。陶家义塾闻相近，教子何须孟母传。

这是元代诗人杨维桢写陶庄的诗句。陶文幹是在南宋的绍兴年间迁居柳溪的。所以，兴盛于宋朝的古镇陶庄，在元代诗人的笔下，呈现的肯定是一派繁荣与发达。

几百年以后，再去柳溪之畔走走看看，除了“不见当年种柳人，数株犹自绕湖滨”的叹息外，有一种声音依然让人感喟、兴奋。

那是千百年来，始终与柳溪相伴的琅琅书声。

陶家义塾的开设，让幼童的琅琅读书之声，成就了陶庄这一地方诗书传家的风尚，如柳溪之水一般，滔滔不绝。

锦衣玉食少他日，诗书传家多来年。或许，陶文幹开设义塾的举动，只是为了家族弟子的教育。而当从这义塾之中飘飞出来的琅琅书声，传播到田间地头，便如春之雨露，润物无声地浸染了这一方水土，影响了这一方人家。

那么，就这样伫立在这里吧。在柳溪边，静静地倾听那历经了百年、千年的声音，美妙、沁人，绵长、久远。

娄机：真的没有更多信息可以找到你

娄机（1133—1212），字彦发，嘉兴人。南宋官员、学者。乾道二年（1166）进士，历官盐官尉、礼部尚书、资政殿学士。精书法，长小学，辑有《汉隶字源》6卷、《班马字类》5卷等。

寻找一个细节，或者寻找一个密码，让几百年前曾经在泖水与云峰之间穿行的你，成为一种荣耀，成为一种象征。

我不知道，你和你的家族在那个以临安为国都的朝代，到底成就了怎样的一份功业。云间的九峰相连，华亭的十泖相依，或许会有丝丝缕缕的彩云飘飞，会有碧波荡漾的清水涟漪。

翻阅旧志传记中书写的那些曾经的官职称谓，记录下的你生前的作为与故事，除了学识鸿博，你竟然还是一个“正言正道”的直吏能臣。“权臣以私意横生，败国殄民，今当行以至公”。不惧权臣，一心为公，忠心为民，好一派忠诚与无私！

南宋迁来临安的几十年，从岳飞抗金的征伐到半边江山的底定，你为朝堂之上的人物进退，“不市私恩，不避嫌怨”，磊落、光明，而且堪称厥功至伟。

因此，在你家族的祖茔地里，才会有“封嘉兴郡开国侯参知政事娄机墓”的碑铭。

因此，在后人的《鸳湖棹歌》里，才会有“娄相高坟发旧封”的诗句。

或许，如你这般以政绩封侯、凭作为拜相，还真是这一片水乡泽国里难得之仅见。

以“娄坟”来命名这一片高地，其实是后人在书写着敬仰。

千年百年之后，高墙大院不再让我们看到，碑石墓堆也不再让我们看见。甚至，连流传了几世几代的地名都已消逝而无踪影。但是，当我们真正用心去面对的时候，那一个人的身影，那一个家族的身影，还是可以被发现、被拼凑和被连接的……

殷澄：一个敢以一人死而换千万人活的英雄

看到志书中你的传略，是在很随意翻阅的时候。

把你称为英雄，那是因为你的大义之举。或许，在元兵大举进逼的那些日子里，像你一样的人物何止百千。而你，竟然是迎着砍头的屠刀，锐气益壮地救下了一境的百姓妇孺。

大宋王朝倒下了，元兵的屠刀也在你的大义面前放下了。

殷澄，字公源，家富好施，人称“殷佛子”。宋亡后自放于九峰三泖间，自号泖南浪翁。

一个微不足道的小人物，一个在滚滚如洪流的世移时换之中如沙砾般的小人物，以一个大义惊人的举动，让自己成为一个历史记忆，成就了一份值得后人崇敬的人格价值。

你站在高举着屠刀的敌人面前，竟是以教训的口吻来劝诫的：“民犹水也。水顺则流，逆则激；民顺则宁，逆则乱。”

你啊，竟然还能这样大胆地呵斥：“今将军不广好生之德，施不杀之威，顾欲尽劓斯民乎？”

而最叫人称绝和颂扬的，是你拥有着以一人死而求千万人活的胆气和豪情：“杀一人活千万人，死安足惜！”

这么生动的描写，这么真实的记述，在旧志的传略中是很少有的。时过境迁，几百年后，再读到这些文字，依然栩栩如生，依然有如身临其境而感慨、敬佩。

英雄的义举，就应该千古流芳，百世传颂。你，殷澄，就是这样的一个英雄。

吴森：把一个大大的义字写在自家的门楣上

在传统的道德准则中，除忠与孝外，最为人们称道的便是义了。

一个义字，在不同的时代条件和环境里，会有不同的内涵与诠释。而将某一个人褒奖为义士的时候，这个人的所作所为或许已经是义薄云天、感天动地了。

吴森，就是一个义士。

吴森的义举是一个家族的共业。

义士吴森首先是一个医者。不论亲疏，不辨贫富，几十年如一日，为乡人施药救治。

吴森又是一个乐善好施之人。乡里百姓遇灾逢难，接济无算。穷人死后无钱掩埋，施棺以葬。吴森肯定还是个信佛的善人。捐建寺

吴森（1250—1313），字君茂，嘉善魏塘人。元画家吴镇叔父。捐建吴氏义塾，世代传为佳话。因其乐善好施，元至大三年（1310）被朝廷表彰为“义士”。

庙，修桥铺路，与乡亲一起积德行善。

除了一生的“好施予，周人之急”，义士吴森最应该让后世称赞的，是“捐田二顷，建义塾，延师以淑乡里子弟”。这是功德无量的好事，也是吴森生前让乡里感恩戴德的义举。

吴森，以救济当下的好施周急、恩泽千秋的诗书修善，用几十年始终如一的作为，将一个大写的义字彰显，并成为一个家族不朽的荣耀。

吴镇：一路隐去的橡林老书生

每一次走到吴镇墓跟前的时候，心中总是在想，他是怎样走过一生的。

在花园弄的吴镇纪念馆里，有一尊花岗岩的雕像，非常传神地展现了一个智者的形象。那神情，那眼眸，以及那微微飘动的衣衫，无不透露着一种莫名的仙风道骨。

吴镇（1280—1354），字仲圭，号梅花道人，晚号梅沙弥。嘉善魏塘人，元代画家，与黄公望、倪瓒、王蒙合称“元季四家”。有《梅花庵稿》存世。

我们总会记着他的一个名号：梅花道人。

走进吴镇陈列室，迎面而立的是一个微微有些发胖了的老者。据说是吴镇的自画像，出自《义门吴氏谱》手抄本。寥寥几笔，一个肥硕的大脑袋，一身松松垮垮的长袍。最有印象的当是那双宁静的眼睛和那几缕杂乱的胡须，而我竟然会记得画在吴镇身后的那棵树。

或许，这便是“若有时人问谁笔，橡林一个老书生”的形象。

我们还能发现些什么呢？我们还会看得到两块墓碑。一块已经相当残破，被当作了吴镇纪念馆的镇馆之宝，放置在陈列室内。而且，还加上了玻璃罩。如果没有边上的说明，其实很难再辨认碑上的铭文了。据说，那是吴镇自题的碑铭：“梅花和尚之塔”。左右两边还分别写下了生辰和殁时。另一块就在吴镇墓前，有明万历年间的县令谢应祥题写：“此画隐吴仲圭高士之墓”。仲圭，是吴镇的字。

我忽然觉得，“老书生”“梅花和尚”“梅花道人”等吴镇自诩的那些个名号，再加上后来人封的“画隐”“高士”等称呼，其实是把一路隐去的吴镇书写成了一种绝唱，千古难寻。

盛懋、盛著：墨迹相传取次看

因为同时生活在元代，同时生活在魏塘，后世的人们总会将这一对盛氏叔侄和另一个画家吴镇放在一起。或比较个格调高下，或杜撰个比邻而居的传说。

盛懋

盛懋，字子昭，元代画家。父盛洪，南宋临安人，寓嘉善魏塘，业画。懋承家学，工山水人物花鸟。传世作品有《秋林高士图》（藏台北故宫博物院）、《秋江待渡图》（藏北京故宫博物院）、《沧江横笛图》（藏南京博物院）等。

作为专业画家，时称“画工”的盛氏，已有三代在魏塘寓居。或许，绘画只是他们赖以生活的支撑和来源。在求生的同时，他们也在孜孜以求艺术的创新与创造。因此，志书上才会有这样的评说：“时以吴仲圭墨竹、岳彦高草书、章文茂笔及盛懋山水称武塘四绝。”魏塘，又称武塘。

倘若没有“大船吴”的家境，吴镇又怎么可能心无旁骛地潜心盛著，字叔彰，元末明初画家，懋侄。

于他的墨戏世界呢？

一个画工之家，其叔以山水人物花鸟之工而称绝，其侄又能修复古画而进京供事，除了说明盛氏叔侄的匠心与机巧以外，还有更恰当的词语表达吗？没有。

“墨迹相传取次看，满堂风雨不胜寒。”这是后人在凭吊盛懋墓地时留下的诗句。盛懋生活的时间与吴镇大致相同，一个以画求取生活的画工，一个以画挥洒人生的画家。其实，于历史都是一种存在，都是一种记忆。

需要补充的，是盛著的被杀。那是已经在大明朝的洪武年间，盛著因“能全谱图画”而“供事内府”，殊不知又因画而被诛。盛著画天界寺影壁，以水母乘龙背，不合旨意。

比邻而居的盛氏门前，或许依然车马络绎不息。载着装有吴镇墨迹箩筐的小毛驴，依然孤独地在花园弄里行走……这就是已经流传了几百年，而且肯定还会继续流传的那个民间故事、市井传说。

朱华玉：用精美来书写你匠心独运的极致

如果可以，我们应该将朱碧山的银槎杯，以雕塑的形式，矗立于市民广场的中央。

元代的工匠朱碧山，以他无与伦比的匠心独运，给世间留下了精美绝伦的几件银制器皿。其中，借用古代神话中往来天地的木筏之形而制成的槎杯，也正如有神助那般神奇、精致。

朱华玉，字碧山，嘉善魏塘人。元代银器铸造名匠，有银槎杯传世。

朱碧山的存在，就是一个神奇。除了可以知道他的名叫华玉以外，就再也找不到他的其他信息。

所以，很多的时候，说到朱碧山，就要说到银槎杯。甚至于，竟会用银槎杯上的人物形象，来充当他的本尊。

既然有银槎杯的存世，那就肯定是有朱碧山其人的。

只是，对一个凭手艺立世的工匠而言，我以为银槎杯作品的存在，是一种既可挂怀人，又能知晓事的存在。

真的，当一个人将他一生中最完美的创作呈现出来的时候，我们还有对他本人追根究底的必要吗？更何况，在历经了几百年的风风雨雨之后，朱碧山的作品竟然还有四件存世。这又怎能不让人激动啊！

> 欲渡银河隔上阑，时人浪说贯银湾。
> 如何不觅天孙锦，只带支机片石还。

银河迢迢，织女织锦，巧夺天工。这是镌刻于银槎杯上的篆书诗句，与其是在说神仙的奇妙，倒不如是在夸人间巧匠的机巧独运。从中流露出来的，该是朱碧山的自信。而且，真的是独步天下的那种自信。

一个用精美来书写匠心的人，一个将精美制作到极致的人，那个人就叫朱华玉。

杨茂、张成：戗金砚匣古称精

无法想象的是，当年的你们，就用一双手，将这一种工艺，创造成了后人难以企及的高峰。

在日本人的工艺词典里，将这一种工艺名为“堆朱”，而将从事这一种工艺的匠人称呼为“堆朱杨成”，取杨之姓、张之名。

你们生活在元末的江南，一个叫杨汇塘岸边的村落。真不知道是怎样的一种机缘与灵感，在西塘古镇之北的这个村落里，走出了你们这样的雕漆巨匠。而且，还竟能以高峰的姿态传承了二百多年。

你们创造的作品，早已作为贡品，成为后世难得一见的宫中藏品，成为中国古代剔红工艺的象征

杨茂

杨茂、张成，元代雕漆工匠，西塘人。存世作品有：杨茂造的花卉纹剔红渣斗、山水人物纹剔红八方盘，均藏于北京故宫博物院；张成造观瀑图圆盒、如意云纹剔犀圆漆盒、山水人物纹剔红圆盒，分别藏于北京故宫博物院、安徽省博物馆、上海博物馆。

张成

和标志。

翻开县志所记，我们会发现，江南水乡的嘉善一邑，在元代竟然会有画家吴镇、盛懋，银器铸造名匠朱碧山，戗金烧瓷工匠彭君宝，剔红雕漆名家杨茂、张成，以及他们的后人杨明、张德刚，那是前无古人、后无来者的一个时代，是绝无仅有的一种辉煌，堪称绝响。

戗金砚匣古称精，汇上维舟问姓名。让我们乘一叶扁舟，以朝圣的心境，去一趟杨汇塘畔的那个小村庄，看一看岸上的翠竹、杨柳、人家，想象一下曾经的那些个工匠大师，曾经的精益求精与一丝不苟。

或许，我们应该做点什么。比如竖块碑、立个雕像，建个亭子也行。

戴光远：一生的不朽之举系于兴办义塾

你家境殷实。

你疏财重义。

你将兴办义塾，当成了终生不息的使命。所以，也成就了你不朽的光荣。

戴氏义塾，让白牛镇的天地间，每天都有莘莘学子的琅琅书声飘过。

戴氏义塾，让白牛镇的街巷里，每天都浸淫着书香的气息。

旧志有云：“若夫好修之士，一节所善，足以风励末俗，其有裨于世，尤不可没。”（清光绪《嘉善县志》卷二十二《人物志·行谊》）

你就是这等好修之士。你将乃父欲创建义塾的遗愿变成了现实，

戴光远，字君实，枫泾镇人，元代学者、官员。元至正年间（1341—1368）创建戴氏义塾，为白牛镇（枫泾镇）最早的义塾。有讲堂4间，能聚集学生150多人。有学舍45间。另有腴地500亩的收成作为办学经费。

便是完成了你们父子两代人的善举，便是引领风尚、有裨社会的不世功绩。

戴氏义塾的创建，让孩子们走进了课堂，让诗书耕读演绎成为社会的风尚，成为影响深远的乡间风俗。

“如何一样看春色，不种桃花种杏花。”清人曹庭栋是这样说你的别墅杏花庄的。细细品读以后，竟然有悟。或许，桃李盛开是春色，杏花满眼也是春光。

你将家产全部变成了义塾的时候，祈盼着的应该就是“梨花李花白斗白，桃花杏花红映红”，春色满园，春光无限。

林邦福：敢为饥民奔走呼喊的小官吏

元至正年间(1341—1368)，江南一带几乎是年年都在闹灾，不是水涝，就是大旱。

那一年严重歉收，大闹饥荒。陶庄务副使林邦福做了一件让后人写进了县志的善事。

林邦福，字彦夫，瑞安人。元至正年间为陶庄务副使。

在县志的字里行间，我们能够找到两个人名，一个是任职魏塘务副使的陈钧，另一个便是任职陶庄务副使的林邦福。

宋元时期，地方的贸易、税务管理机构，叫巡检司(巡司、务)。魏塘的巡司设置于宋，陶庄、枫泾置司设务在元。陈钧、林邦福两人是在县志中可以查得到的，嘉善置县前最早的两个官吏。而且，林邦福还被作为“名宦”列入了附传。

无法考证的是，林邦福做善事的那年，江南的饥荒闹得有多厉害。或许，还是连年的灾荒，已经让有江南粮仓之誉的嘉禾大地，饿殍遍地，凄惨一片。所以，才会发生“民啸聚夺粿粮，杀人”的严重事件。

因灾而民聚，民聚而生变。官府的镇压肯定是非常严厉、非常残酷的。更何况是在元代的江南，而且是元末的江南。读过历史的都知道，在元代的统治者眼里，原南宋境内的江南民众是第四等人，被称为南人。

林邦福，一个小小的陶庄务副使，也不知道可以算作几品官吏，竟然敢为犯上作乱的饥民奔走呼号。

林邦福找到京城来的钦差大人，替被捕的民众求告。

林邦福说：“饥民濒死为乱，情有可原。”

林邦福的仗义执言，林邦福的真情求告，让本将“悉置重典”的饥民，“减死数百人”。

吴弘道：用竹林的阴凉书写医者仁心

医者仁心，这是自古而今对医者最高的评价。

在嘉善的历史长河中，就有一群医者，用他们的仁心医德，书写了嘉善文化千百年的辉煌，传承了嘉善人文千百年的精彩。一代良医吴弘道的出现，可以称为一面旗帜，或者是一种标志。

吴弘，字弘道，号长水。嘉善魏塘人，明代御医，擅子午流注针灸。

不为良相，愿为良医。治国理政济天下，是历代胸怀家国情怀的读书人的执念，也是有真才实学的大丈夫的追求。清代邑人曹庭栋在《魏塘纪胜》中介绍“竹所”的时候，将明明是元明时期的吴弘道称为“宋吴弘道”，除了如其族祖先辈吴镇那样“不仕元”外，竟然将元朝这一代都忽略了。正是因为生于不可能辅佐明君治理家国造福天下的时代，那么，就当一个利泽万民的良医吧。

自明洪武初年，吴弘道被召擢为御医始，明清两朝历代，嘉善一邑先后不下十人被召为御医。清光绪《县志》卷十八以所附“艺进”罗列有这样的一个名单：吴宏（弘）道、陈以成、胡龠、凌敏、吴照、吴鎏、朱贤、陆大胤、刘览、金元德、张万春、丁凤梧。除胡龠（善龟卜，授钦天监漏刻博士）、凌敏（善书，官尚宝司卿）外，其余均为御医。其中，陈以成为太医院院判。另外，还有刘览父亲名性良，和吴鎏、陆大胤、金元德、丁凤梧一样也是太医院吏目。

“翠围丹灶竹成林，辛苦良医折臂深。今见刀圭换刀笔，可能同此活人心。”这是曹庭栋《魏塘纪胜》中介绍“竹所”的配诗。曹庭栋将当年早已没了踪迹的“竹所”，作为魏塘胜迹纪之，如其在《例说》中所言，是为传“胜地”和“胜事”：

“溯自汉唐以来，所谓胜地胜事，其湮没无闻者，又何可数计。夫地可传曰胜地，事可传曰胜事，亦有因事而地传，因地而事传，更有因人而其地其事遂传，并有因其地其事而其人亦传，莫为纪之，终归湮没。”

那么，竹所之于吴弘道又是怎样的一个胜地，叙说的又是怎样的一桩胜事呢？清光绪《嘉善县志》云：“疗人疾辄愈，愈则各令种竹一竿，寻至万竿，人称其地曰竹所。”

这万千的竹子，就是吴弘道医人疗疾后留下的记录。

这积久成林的竹所，就是吴弘道用辛苦和真情，写下的一片利泽万民的仁心。

王嘉会：用一生的兢兢业业书写老学究应该有的样子

在林林总总的旧志人物传略中，像王嘉会这样的老学究是很难见到的，甚至可以说是唯一的，绝无仅有的。

王嘉会，字原礼。明代官员。洪武年间以荐征，累官国子监司业。《枫泾小志》云：墓葬四南区小地圩石泉港（今惠民街道）。

王嘉会的最后一个职位是翰林院检讨、国子监司业，好像既是国家最高学府太学的领导，又是授业解惑的教授，而且是终身教授。

王嘉会受聘到太学府任职任教，是在大明王朝的洪武年间。志传上说他和祭酒大人一起，严立学规，悉心教诲。时太学府常有数千学子，能终日危坐听王嘉会讲经论道，从无虚晷。

王嘉会其实是一个没有取得科举功名的人物，但却又是实实在在的饱学之士,就如鲁迅先生笔下“三味书屋”里的先生一样,“是本城中极方正、质朴、博学的人”。

在元末的那些年,王嘉会累举不第,便客居松江授课讲学,或许可算是为求五斗米的生活吧。不想,竟然会因此而“修脡户恒满”,家里常常是挂满了学子们送来充当学费的束修干肉。也就是说,比起鲁迅笔下的那个先生,王嘉会在松江的讲学,深受广众学子喜欢。同样,肯定也拥有着良好的社会声誉和影响。

因此,王嘉会先是被上海知县引为上宾,后又在大明洪武初年,被荐征进京,成为专门培养治国平天下之俊才的国子监教授。

王嘉会是诏举明经而应聘进京的,对志书上记述他的传略文字读之再三,也没有看见他作为明习经学之士在治学方面的成就、长处。但是,在他因年老体衰而请辞的时候,太祖皇帝朱元璋竟会“优诏留之”。而且,还一直留任至年八十而卒。

王嘉会在京中翰林院国子监的任职,直到生命的终结而结束,能够想象的便是他应该有多么敬业。

或许,只用兢兢业业来形容,还不足以描摹王嘉会尽职敬业的状态。但是,一生勤勤恳恳治学、兢兢业业尽职,应该是这一位集官员与学究于一身的老者,留给后人的样子。

杨任：让你的那一腔忠贞将汾湖盛满

杨任，因为你是汾湖人，所以我想把你的雕像立在汾湖边。

杨任，在你的故事里，血腥太多，死人太多。而且死得惨烈无比。

你是被誉为国士的英才啊，你的死竟然是“磔于市”，尸身分裂于市。你子、你全家、你满门一族，你所有家人，竟是全被处斩，就连你的那一众亲家戚族，也被悉数发配戍边。

那么，你啊，你全部的错，全部的罪，就只是因为你拥有着的那一份忠诚，那一腔真情。

在汾湖滩上行走，远望着碧水连天、波诡云谲的湖面，我只能说，杨任，你是将你那满腹的才华、满

杨任（？—1402），字子重，陶庄汾湖人。明代官员。洪武年间擢知袁州，被翰林学士黄子澄许之为国士。靖难之役后，与黄等同被逮并处以极刑，九族株连。清乾隆年间，被赐谥号“烈愍”。

腔的忠贞，错付了啊！

当然，你依然是一个忠臣，一个顶天立地的君子。你和你的同僚、你的家人、你的族亲，都是敢于死忠的英雄。

靖难之役遭难者千万，被满门抄斩者无数。冤哪，恨哪，终究都是错付了，蒙难了。或许，大明王朝三百年的惨烈、悲怆，这是全剧的第一个乐章，已是这般残酷，这般血雨腥风。

难怪有人说，读《明史》是需要胆气的。

杨任，你就是那一个用自己的才情和忠贞，书写这血腥和悲怆乐章的人。这如泣如诉的余音，直至今日，依然伴随着汾湖的涛声、风声，在荡漾、回响……

袁顺：在危难之际再唱一出《赵氏孤儿》

有竹枝词云："义侠高风不可攀，南都回首泪潸潸。千忠戮尽身犹在，绝命词留袁杞山。"

袁顺，字杞山，是嘉善历史上众多义士中的一个，也是嘉善袁氏家族仗义重情的典范，豪侠仗义，义薄云天。

袁顺，字杞山。世居陶庄，豪侠好义。

袁氏九世孙清代咸丰元年（1851）举人袁嵩龄，在《赵田袁氏家谱续刻叙》中这样叙述了袁氏家族自明而清历三百年之久的盛衰："吾家旧住陶庄，族类蕃衍。经家难，迁徙流离，遂衰弱。"历史发展的起起落落，造就了袁氏这样的名门望族的兴衰变迁。

袁顺生活的年代，是在嘉善析

置建县之前。而袁顺的仗义之举，却是嘉善袁氏家族日后数百年门风家训的昭示和张扬。

明代的历史上，有一件惨烈而血腥的事件，叫“靖难之役”。燕王朱棣不仅清除了齐泰、黄子澄等朝中大臣，而且连小皇帝朱允炆也被赶下了台，还弄了个不知所终的千古之谜。

当燕王朱棣兵临南京城下之时，黄子澄、齐泰等正受命在苏州联络镇江、常州、嘉兴、松江等地起兵勤王。未料勤王之兵尚未聚集，南京却已陷落。未几，苏州城陷。黄子澄躲到了汾湖杨任家中，被人告发而被捕，受磔刑而死，其亲属都或被杀或被流放。杨任和儿子也一并被捕，同样受磔刑而死，亲属朋友一百多人同样或被杀或被流放。

听闻南京城陷落，在苏州与黄子澄等同谋匡复的袁顺，作《绝命词》，行吟数四，自投于河。

袁顺没死，被人救起后因听闻黄子澄尚有一儿隐匿，便放弃自杀念头，千辛万苦地找到了黄子。袁顺将黄子改名田经，带着一起逃往湖广，流落到了咸宁一带。

春秋时《赵氏孤儿》的故事，经过千百年来的传说演义，已经出神入化、妇孺皆知。那么，靖难之时的袁顺，演绎的不也正是一出《赵氏孤儿》……

陈以诚：和郑和一起七下西洋的御医

陈以诚的名字，应该和三保太监郑和刻在一起。

陈以诚是一个御医，一个和郑和一起下西洋的御医。

三保太监郑和七下西洋，陈以诚随行也去了西洋七次。

三保太监郑和七下西洋，历时二十八年，足迹遍及南亚、西亚和非洲三十多个国家、地区。陈以诚随行将中医中药送给了沿途的万千人家，还医治了沿途的众多病患。

三保太监郑和七下西洋的时间是1405年到1433年，那是大明王朝的永乐和宣德年间，正值“永乐盛世”和“仁宣之治”。

三保太监郑和七下西洋，浩浩

陈以诚，字处梦，枫泾人。明代御医，工诗，善画梅。永乐三年（1405）至宣德八年（1433），先后七次随郑和下西洋，后擢升太医院院判。

荡荡，宝船二百多艘，随员二万七千之众，往返行程十万余里，只为“示中国富强，以徕远人”。

随行的御医陈以诚，带医官、医士一百八十余人，精心储备千余种草药、药剂。

“九重每进千金剂，四海曾乘万斛船。”这是陈以诚留下的诗句，记录着船队下西洋一路的盛况。

多少年后，我们总是惊讶于郑和当年的胆识与智慧，总是感慨着郑和当年的无畏与勇敢。在历史教科书里，我们知道哥伦布发现美洲新大陆的航行比郑和晚了八十七年，麦哲伦开始环球航行要晚一百一十四年。

五六百年前三保太监郑和七下西洋的壮举，随行的御医陈以诚也是功德无量。

夏原吉：一块忧欢石上书写着嘉惠之心

户部尚书夏原吉到江南治水的时间，是在大明王朝永乐年间。那是水患频仍、灾荒连连的年代。

江南的粮仓，或是汪洋一片，或是倒伏绝收。

夏原吉主持江南的水利工程，前前后后大概有五年的时间。

夏原吉的江南治水，极大地改变了太湖流域的水系格局，后世人们以“黄浦夺淞”四字，形象而生动地呈现了太湖下游河道干流支流的位移现象。从更长远的视角看，夏原吉的治水工程，为黄浦沿岸在二三百年以后的开埠、繁荣，创造了条件。

夏原吉(1366—1430)，湖南湘阴人，明初肱股重臣，辅太祖、成祖、仁宗、宣宗四朝，历任户部右侍郎、户部尚书，先佐成祖开创“永乐盛世”，后助仁宗、宣宗成就“仁宣之治”。谥号“忠靖”。

东南泽国泖流通，水利兴修属夏公。遗泽至今沾溉广，瓣香愿祝福源宫。

这是清代人写的竹枝词,歌颂着夏原吉治水的历史恩泽，也点出了夏原吉在嘉善的足迹。

夏原吉在西塘开凿十里港，修筑东根、西根两古坝，既为后世留下了一条泄洪通道,又让圩田灌溉实现了旱涝自保。“一自港深开十里，免教百姓叹其鱼”。

夏原吉在西塘的福源宫前，竖立了一块用来测水之高下的石头,名为“忧欢石”。“片石立水如砥柱,年年量水使之主”。

忧欢石高两米有余,上刻有七道横杠,最下面的一道为“平水之衡”，用现如今的话说就是警戒线。乡人视水之高下而知旱涝，水在此线下则欢，水过此线则忧，故曰“忧欢”。

一块忧欢石，一片荩臣心。夏原吉之所以会成为明初开创永乐盛世的能臣干吏，那块忧欢石上所镌刻着的每一道横杠，或许会有合理的解释。而且，几百年过去，那样的解释依然能让人信服……

郑时：该当人人都识君

县门小，鼓楼高，来个清官坐弗牢。

你啊，是不是个清官，不知道。谚语所云，当是祈愿端坐于县衙门内的老爷们，能清政爱民、勤政为民。

作为嘉善析置建县后的第一任知县，从明宣德六年（1431）到正统四年（1439），风霜雨雪，披荆斩棘，荜路蓝缕，夙夜经营，你历时整整九载，为县治肇建开启了新局。

作为新建一邑所有事业的开创者，你时时亲躬而为，事事亲自而做，建公署，修学宫，定仓储，劳民动众而下无怨言。

郑时，字习之，山东沂州人，国子监生。明代官员。宣德六年（1431），也就是嘉善建县后第二年，由玉田县调任嘉善，是嘉善第一任知县，在任九年。

你啊，其实只是一个老监生，是因了修齐治平的抱负，因了勤政为民的理想，在嘉善新建以后辛劳了任职为官的最后九年。

你啊，秩满而乞休。辞职归去的时候，应该有百姓夹道、胥吏相送。就像你的名字，就应该是老少相传、妇孺皆知一样。

如果，可以修建一座嘉善历代名宦祠，那么，你郑时的牌位是一定要列入其中的。不仅因为你是嘉善首任知县，而且因为你值得嘉善的后人敬仰和铭记。

胡概：一个将自己的名字书写在嘉禾大地上的二品大员

假如胡概没有来巡视，相信也会有杭嘉湖平原上再一次的析置建县。

胡概来了，是顶着大理寺卿的官位来巡视的。因为，自唐宋以来就是天下粮仓的嘉禾大地上，除了连年不断的天灾，还闹起了为害乡里的人祸。

胡概(？—1434)，字元节，江西吉水人。明官员。永乐九年(1411)进士，历官广西按察使、大理寺卿、浙江巡抚、右都御史等。

胡概的到来，便开创了明朝在地方设立巡抚的先例。胡概，成为苏松两浙地区的首任巡抚，时间应该是在明宣宗宣德二年，1427年。

真正让胡概成为书写在杭嘉湖平原嘉禾大地上一个永恒的名字，是在他被调赴京城朝中任职的那一年，宣德五年，也就是1430年。

这一年，宣宗皇帝诏谕在嘉禾大地上新建制了四个县：析嘉兴西北境建置秀水县，东北境建置嘉善县，析海盐东北境建置平湖县，析崇德东境建置桐乡县。其中，嘉善县下辖有六个乡镇，全境一马平川，四境无不耕之地，都是经年开发成熟的稻粮耕地。

胡概就是新增建县的首创者，他在上奏朝廷的建议折子里，只说了一个理由：地广赋繁。

刚决而又忠毅的胡概，在江南水乡的柔顺美丽之中，为朝廷的赋税开拓了崭新的源头，也为地方的经营创造了一个新空间。从此，嘉禾大地由三县而分置为七县，历近六百年而始终维持。

作为一个朝廷的二品大员，胡概肯定是以一种忠诚来注视这一马平川的嘉禾大地的。而当他将这一份忠诚倾泻到肥沃而广袤的土地上以后，嘉禾大地将丰满而又厚实的馈赠，给予了迭代更替的朝廷和衙门，也给予了挥汗如雨勤劳耕作的人们。

那么，就应该把胡概的名字，镌刻进嘉禾大地的泥土里，并且祈愿能散发芬芳、庇佑苍生。

孙询：能臣干吏一老生

清光绪县志云："初建县，教职尚缺，暂以邑之贤者署之。孙询是也。"

孙询，字廷言，号东溪，嘉善魏塘人。明代官员、诗人。县学初建时被推举为儒学博士官。后历任广西布政司检校、江西分宜县丞。著有《忠孝廉节》《武塘览胜》等。

孙询以一个儒学博士官的身份登台亮相，那是在县学始建之时。

一县之治，唯学为首。因"其理载于六经，具于人心，寓于人伦日用"。明宣德五年（1430）嘉善析置建县，便将建造儒学当作最紧迫的事务。孙询自幼颖慧聪明，且博学多才。所以，被以贤者的名号选录为教职。

孙询在县学教职的事迹，在志书上竟未见一字记载，实在是一大遗憾。否则，还能透视一下当时的教与学的状态、情形。

孙询所学的重点是《尚书》，想必其所教的内容也当是《尚书》，“虽同侪者，亦以师礼事之”。倘若没有参加两年后的那次贤良诏试，孙询或许能成为名垂千秋的儒教大家。

只是，历史是没法改写的，人的命运也是不能改写的。孙询没有成就教学，而是踏上了仕途。

踏上了仕途的孙询，所任职务虽然都是品级极低微的官，但却以其过人的胆识与才干，把自己塑造成为一个能臣干吏。

孙询在仕途的首个职位，是广西布政司检校。是时，当地瑶族、壮族起事作乱，闹得鸡飞狗跳、岁无宁日。安远侯柳溥拟请孙询前去谕宣安抚，孙询二话不说，直去峒蛮之地，宣示皇上威德，晓谕事理，乱事得以平息。而且，孙询只身平乱的行为，还让起事的头人都深受感动，赂之以金银财物。孙询拒而却之。

孙询的第二个官职，是过了九年后升任的，是专门督察粮税的县丞，在江西分宜县。是岁，灾祲，孙询先是统一校准了收粮的衡具，设法减免了沉积的旧账和费用支出，并尽量赈济灾民，让百姓在灾年渡过了难关。

孙询，凭着自己的贤良与作为，让后人供奉进了乡贤祠。

姚绶：一叶沧江虹月之舟尽览吴越风流

姚绶在朝中做过官，而且是相当得宠。

姚绶在朝堂之上的身份是小小的七品监察御史，其之所以能非常得宠，是他“政能多出人右”。

一个得宠非常的御史，奉敕去巡盐两淮，且“钩剔积弊几尽”。

也正是这样一位太过勤勉的御史，因为做得太好，竟然会忤逆了当道。于是，姚绶失宠了。

于是，姚绶辞官归隐回到了老家，回到了有香烟缭绕、晨钟暮鼓的大云寺旁临水而筑的丹丘小屋。

江南多竹，姚绶也绕屋种竹，如果，“元季四家”之一“梅花道人”吴镇是以写墨竹为种心竹，那么，

姚绶（1422—1496），字公绶，号谷庵，又号云东逸史、云东子，人称丹丘先生，嘉善大云人。明代官员、书画家。天顺八年（1464）进士，官监察御史、永宁知府。山水宗吴镇，也取法赵孟頫、王蒙。有《秋江渔隐图》《山水图》等传世，著有《谷庵

集》30 卷、《谷庵词》1 卷、《云东集》10 卷等。

姚绶种植的或许也是心竹。那是心灵相通，更是志趣相投。

姚绶归隐以后的作为，除了筑屋、种竹，便是建造了一名为“沧江虹月”的小舟，在吴越的山水之间泛游。

“马上相逢处，春风在洛阳。陌头杨柳色，一一断人肠。”（姚绶《洛阳陌》）浪迹湖光山色间，钟情花草竹木中，或许是一种无奈，或许还有一腔悲苦。只是，一叶沧江虹月之舟优游林下之时，姚绶在尽览吴越风流以后，竟然将自己弄成中国画史上不可或缺的一位文人画大家，既上承元季四家，又下启明代吴门画派。

一个失宠的御史，成就了一个难得的书画大家。这是值得庆幸的一段历史，更是值得骄傲的一份荣耀。

周鼎：构筑桐村小隐的文心人物

我在《桐村·文心的西塘》一文中，写过这样一句："如果一定要为西塘立一个千古文心的人物，那就选择周鼎吧。"

周鼎（1401—1487），字伯器，号桐村，别署疑舫。西塘人，明诗人、学者、书法家。与宋陈舜俞、元吴镇并称"善邑三高士"。有《桐村集》《土苴集》《疑舫集》等存世。

周鼎，是志书上所谓的"善邑三高士"中，唯一生活在嘉善建县以后的人物。而且，是将为文作诗当作生活、当作乐趣的人物。

史上能称"高士"者，定当品格高尚，才学博雅，令人敬仰、尊崇。"善邑三高士"所称赞的人物，一个是北宋的清风代表"白牛居士"陈舜俞，一个是"元季四家"之一的大画家吴镇。相对而言，周鼎的全部作为就是在古镇西塘，构筑了一个名为"桐村小隐"的住处，他就栖身于此，读书、著书。

因为有周鼎的桐村小隐在，那地方也就被命名为了小桐圩、大桐圩。

周鼎在他的《土苴集》中，有这样一段描述的文字："昔家居时，尝濒水作屋，上蓬下板，周以棂槛。涵漫几席于天光云影间，处之若浮。"除了可以窥见这临水书屋的样式形貌外，倒是也能感悟得到他的喜爱之情。所以，取了个名字叫"疑舫亭"。

就在这疑舫亭内，周鼎用手中的笔，为后世留下了一份堪称开创江南乡土文化之先河的宝贵遗产。

"疑舫亭幽拥鼻吟，土苴一卷半生心。爨余百岁枯桐干，此日何人是赏音。"两百多年后，清人曹庭栋再探桐村小隐时，当是亭屋已废，桐树已枯，曾经的雅致与情趣早已烟消云散，了无踪影。所以，老先生也就只留下了这样的一声叹息。

时至今日，我们之所以还能提起周鼎，已经不再去描摹他的形象身影，而是在他留下的诗文之中，阅读他的时代、他的生活、他的情感，去触摸在他生活时的古镇风情，去领略他的明代江南。

由此，我不得不再次这样强调，对于江南乡土文化，无论是过去，还是现在、未来，周鼎都是一个让我们不得不仰视的文心人物。

沈莱：一个写在麟溪岸边的永恒记忆

据传，被誉为“明四家”的那一群风流大才子，在闲暇之时，总会舟行于此，吟诗作画，听曲饮酒。

那地方有一个吉祥而又美丽的名字，叫麟溪。那地方还有一个主人喜欢舞文弄墨而又好酒乐友的花园别墅，叫沈园。

沈园有九松，相传始植于南宋初年。

沈园有假山，耸立有舞袖峰，相传为宋末花石纲遗石。

因此，麟溪的沈园，也就成为明代名满江南的私家花园。

沈园有沈莱，号北山，一个在明代的成化、弘治年间名重江南文坛的诗人墨客。

沈莱，字巽言，号北山，杨庙人。明代诗人，生活在成化、弘治年间，与唐寅、文徵明、沈周等过从甚密。其子沈棨在正德年间重修增建沈园，名北山草堂。

沈园还有一个名字，就叫北山草堂。北山草堂是沈棐重修增建后，为纪念父亲而命名的。

因此，麟溪的沈园，麟溪的北山草堂，也就成为江南文墨众客雅聚唱和的地方，经数十年之久而不衰。

几百年过去了，麟溪之水依然波光潋滟。沈园别墅，或者北山草堂，早已经无处寻踪。

但是，麟溪沈园别墅无论是否还有实体的存在，都曾经荣耀江南宋元明清几百年的沈氏家族，在江南水乡小镇杨庙镌刻着一个光彩的文化符号。

北山草堂，让沈莱这个名字，和这一众江南才子的风流与传说，成为麟溪岸畔让人永远无法释怀的一种文化记忆。

项忠：那一匹驰骋疆场的骏马会将你带去远方

是北疆一望无际的空旷大草原，那匹骏马奔驰的身影，由远而近，越来越清晰。

是西北浩渺无边的戈壁大沙漠，那匹骏马如箭如矢，一路飞奔而去，留下一缕尘土飘飞烟散。

项忠的名字，就和这一匹骏马紧紧地联系着。

想象中的场面，千军万马，铺天盖地，烽火连天，狼烟滚滚……大明王朝自建立的那一天起，西北边陲的战乱，此起彼伏，动荡不安。

而此时的项忠，是孤身一人，独骑绝尘。那是在史称“土木堡之变”的年份，或许是狂风呼啸、尘土飞扬的时候，或许已是大雪漫天

项忠（1421—1502），字荩臣。明代官员。正统七年（1442）进士，累官刑部主事、广东按察副使、山东按察使、陕西按察使、刑部尚书、兵部尚书，授太子太保，赠谥“襄毅”。

飞舞的冬日，俘虏项忠挟持了两匹战马，一路南奔。

项忠从瓦剌的地界逃走了。项忠凭着挟持的这两匹战马，狂奔了七天七夜，最后将疲累之马弃于途，徒步前行。

瓦剌逃脱了一个战俘，大明王朝便拥有了一个肱股重臣。

项忠是嘉善建县后第一个进士，科考及第的时间是明英宗正统七年（1442）。从正统到景泰、天顺、成化、弘治，历英宗、代宗、宪宗、孝宗四帝五代，项忠在从地方到中央的官场上书写了为政勤敏、作为果敢的千秋业绩。

项忠，是大明王朝中期作为非凡的朝臣大吏。

在朝为官几十年，项忠好像真的一直是骑在马上的，要么督军平叛，要么领兵御敌。

五百年后，再读史与志上的传记文字，依然还会在眼前闪过那一匹奔驰而去的骏马，一个裹着一袭红色囚服的背影，正在远去，再远去……

汪贵：留衣亭的故事肯定还会长久流传

几百年后，人们把留衣亭的故事搬上了舞台。

几百年来，汪贵的故事一直在民间流传。

为官一任，造福一方。汪贵以其清白和勤政，在县志传记中被誉为嘉善析置建县后第一人。

一个有作为的好官，能影响一地之兴废。自明成化十九年（1483）至弘治四年（1491），歙县人汪贵在嘉善任职达九年之久，廉洁狷介，爱民如子。按吕甞《留衣亭记》云："盖侯在县，兴废一出于公。修广学宫、城隍、社稷、仓廪、邮亭、公廨。为殿者一，为坛者三，为庙者一，为庑者十，为廠者二百，为院者

汪贵，字良贵，安徽歙县人。明成化十四年（1478）进士，十九年（1483）任嘉善知县，历时九年。汪贵性格耿直，勤政爱民，抑强扶弱。被诬受冤。被押解到西接官亭时，数千百姓呼冤，并求汪贵留衣以作纪念，后改西接官亭为留衣亭。

一。”政绩卓著，却又狷介伉直。所以，也就难逃受诬被冤。

对一方土地、一方百姓而言，有一任好官是一种福气。所以，当这一任好官被诬受冤的时候，就会有留衣亭的故事出现，就会让汪贵成为一种现象，成为一个名垂青史的人物。

之所以会将身上的绿袍青衣遗留在西接官亭上，那是因为汪贵清廉如许，别无可留。

之所以要在西接官亭上留下绿袍青衣，那是因为数千百姓不忍汪贵以这样的方式离去，拜留一物以为念想。

留衣亭，经风沐雨几百年，已踪迹全无。

再去西城门外、上官塘畔走走，能看见的是这一江的流水依然，江上的清风也如故。或许，汪贵和留衣亭的故事，就如这一江流水、满江清风，流传了几百年。而且，肯定还会流传千年。

项经：宁以一身活数万人

有一种义，叫舍身。

有一种仁，叫杀身。

在传统的文化语境中，舍生取义、杀身成仁这两个成语的表达，应该是一种程度上的差异：一个壮怀，一个悲怆。

仁与义，是一种品格追求，也是一种价值书写。当我们将仁与义当作一种标准的时候，我们会发现历史上真的是存在着这样一批被称为仁人志士的人物的。

明成化年间的项经，或许也可以凭借其“宁以一身活数万人”的大义之举，列于义士的行列之中。

项经的身份是临江知府。如果选用一个词语，项经应该是堪称

项经，字诚之。明代官员。成化二十三年（1487）进士，授南福建道御史，先后知太平、临江，以江西右参政致仕。

“敢担当”的能臣。项经是从太平知府调任去临江的。县志的传略告知,那是一个相对偏远的地方,“与袁、筠诸郡接壤”。所以,“土寇剽逸,出没其间”。而且,前任的官员都只图安逸,又怕担责而不敢处置。换言之,那就是个是非之地。

项经的胆识与魄力,自然是一种有作为的表达。

既然是土寇,那就是盗贼。自古就只有官兵捉强盗,哪能放任不管。更可笑的是竟然还不敢担责,不敢处置。项经一到任,就抓捕了一百八十多名贼寇,并且尽速法办。是非之地立竿见影而成大治之郡,项经的铁腕手段真是大快人心。

铁腕治乱以求太平,仁义施政方能让百姓安康。项经在临江的治理,最为世人称赞的,是他敢施和粜之法,动用府库之金赈灾的担当。

那年,临江大饥。项经有感于“民饥甚矣”,一面向上请赈,一面开仓救济。而这府库之金、仓中之粮,都是当时监司急切督催的赋税。志云:“时监司督赋方急,经不奉命。监司怒甚。”用今天直白的语言,就是项经顶着监司的压力,还没有等到上面的同意,就动用了府库之金、仓储之粮。志书上记载下了项经当时所说的上能感天、下可动地的话语:“必请而赈,是坐以待毙也;赈而勿请,罪在太守。宁以一身活数万人。”

宁以一身活数万人!仁义啊,项经,那是得有多大的胆魄,敢有怎样的担当!

那么,就让我们这样来说道他,并记着他吧。他的名字叫项经,明代中期的一位能臣干吏。

卞谌：一生书写传奇的神探

很难得在志书的传略之中看到这样的人物——卞谌，一个神探。

卞谌，字信卿。明代官员。弘治十五年(1502)进士，授广信府推官。

神探卞谌的故事，当然会有一些神奇，甚至会让人觉得荒诞。

卞谌做了一个梦，梦中人说“我佣者，为主所杀”。于是，就找到了杀人者，破获了在途中碰见的杀人案。

卞谌便服私访，寻得杀人匿尸的密室，命人发掘并勘验尸首。于是，就将一桩久拖未决的陈年旧案了结了。而且，案犯的主角还是当地颇有影响的巨富人家。

卞谌是一个推官，掌管的就是推勾狱讼之事，史称其为人机警，决狱精当。

卞谌探案的神奇故事，我们也就只能囿于志书上的记载。或许，会有些许遗憾，有诸多的惋惜。我们无法看到的，肯定还有。否则，他也不可能在当时便有“郡称神明”的美誉了。

一生神明的卞谌，在侦破了无数的疑案、积案以后，把自己的生命之卒，也书写成了一桩数百年不解的悬案。

志云：“秩满入京，卒于途。”好端端的，怎么会在要赴京任职的途中就一命呜呼了呢？

神探卞谌，所有的神奇，只能留在京城之外，留在山村乡野。

倪璣：以县丞之名署理善邑三年

嘉善建县八十五年以后，这个叫倪璣的京城小官，被贬降职来到了这里。那一年是明正德十年（1515）。

倪璣，字公在，陕西咸宁人。明代官员。正德三年（1508）进士，官给事中。正德十年（1515）谪任嘉善县丞，并署理嘉善县。三年后擢升任丘知县。

倪璣，以县丞的名义，在嘉善署理了三年。

三年里，倪璣还真的做成了几件让后世的志书中记录在案的事情。

倪璣痛抑豪胥，力除陈疴，疏理清册隐漏的田地达数千亩之多。

倪璣严保甲，防水患，置义冢，毁淫祠，既整饬了社会风尚，又稳定了生产经营。

而倪璣致力于启蒙与教化的

作为，应该是最具功德的。

倪璣创建的嘉善第一个传经讲学的书院，叫思贤书院。购六经、子、史数千百卷，使“颛蒙者既资化导，俊秀者益广登庸”，为明清嘉善人文的兴盛开拓、奠基。

倪璣延请县内名士宿儒，修撰了嘉善的第一部存史资治的县志，共列六卷一图，分二十五目，尤其详于水利和风俗的记述，为后世留下了有区域图志、有史实记录的县情资料。

从此，倪璣的名字，就和一部志书一起成为了嘉善的历史记忆。

从此，倪璣的名字，就和一个书院一起写进了嘉善的人文历史。

袁仁：半村居中最好的药材叫仁义

江云漠漠水边村，
江草萋萋半掩门。
世味淡然人独立，
一帘烟雨湿黄昏。

这是袁仁《半村居初成四首》中的第三首，读之再三，有淡泊名利、寄情江湖之感，更有遗世独立、遁隐烟云之意。

袁仁（1479—1546），字良贵，号参坡，嘉善魏塘人。明代学者。著有《一螺集》传世。

作为志传所云“于天文、地理、历律、书数、兵法、水利之属，靡不谙熟”的人物，袁仁定当学富五车、才高八斗，却未见有其追名逐利的半字记录。因其祖作《春秋传》三十卷、其父作《春秋或问》八卷，袁仁便亦作《春秋胡传考误》来阐述，成就了祖孙三代先后论史著书的佳话，也为其家族的书香传统增添了光彩。

袁家世居陶庄，袁氏家族的迁徙多因入赘人家为婿。袁仁之父辈始居魏塘，在袁仁四子即袁黄出生后，新筑室于东亭桥之侧，因“由居之西南可以入市，由东北可以入野，悠然有半村之象焉”，是以谓“半村”。

半村居的主人袁仁，竟然还是个郎中医生，“独寓意于医，谓可藏身济人”。只是这个郎中的医人之道相当特别，而且还有点传奇的色彩。因为他是将仁义当作了医人治病的药材，治愈了身患心疾的病人。

半村居主人的传奇，或许真的就是一个传奇。但是，从袁仁的学识和作为来分析，倒是有那么一种积累和沉淀的味道。或许正是因为拥有了袁仁这样的一份仁义播种，才会让其子袁黄成就了善学的思想芬芳。

半村居里的种子就是仁义，半村居的主人就是一个传奇。

陆埘：一生坚守清贫廉洁的真君子

陆埘，字秀卿，号篑斋，西塘人。明官员。嘉靖五年（1526）进士，历任南京刑部刑曹、兵部武库郎，知常德、武昌、岳州，升太仆少卿、南光禄寺卿，以佥都御史巡抚河南。著有《风雅辑略》《传习辨疑》。

有一个清官，在任的时候，被誉为“青天”。而且，人们还编了一首童谣来颂扬他。

这位清官名叫陆埘。西塘古镇烧香港南坟浜弄内的陆坟银杏，就是陆家的祖坟所在地。

清人徐雪鸿有这样一首竹枝词，是写已经荒芜的陆坟的：“华表摧残卧绿莎，令威不返待如何？荒邱一篑无人问，细雨轻风待牧歌。”几百年的荣耀，已经残破，已经荒芜，曾经祭祖祀宗的陆家坟地，华表残卧，荒草萋萋，成为牧放牛羊的场所。

每一次去到至今依然枝繁叶茂的陆坟银杏跟前，所能见到的是不再有一丝一缕曾经是一片坟场的痕迹，心下无限感慨，也只能是一声叹息。

那么，就去旧志书中寻找我们的陆青天吧！

陆埘，真的是一个不该让历史遗忘的人物，一生清贫，一生勤政，品格高尚似冰清如玉洁。

将志传的文字细读再三，可以看到恪尽职守的陆埘，无论是在京为官，还是被外放任职，竟然始终不屑于与位高权重的严嵩相交："此人虽赫赫有时名，实奸雄也。"坦坦荡荡，真乃君子也。

在志传的字里行间，还可以看到坚守清贫的陆埘，外放十年，任职多地，"在任崇节俭，宽逋赋，省讼狱，开荒田"，勤政如斯；"敝箧无锁，检之，残书百帙、布衣数事而已"，清贫如斯。

"陆青天，如明月。青天无不青，明月有时缺。"

这是陆埘在武昌任职时流传的一首童谣。当我们站在陆坟银杏跟前，在心中默念的时候，或许会有些许感动。

曾经的陆坟是不是还在，陆埘的名字会不会还让人说起，其实已经无所谓了。因为，人们从古到今要颂扬的是陆青天。

赖恩：一尊矗立在宾阳门城楼上的英雄雕像

对英雄的颂扬，应该用赞歌，应该用礼炮。

赖恩，一个抗倭英雄。当年，人们在宾阳门的城楼上，为他竖立了一尊雕像。

赖恩（?—1554），福建汀州人。官职百户长，明嘉靖年间率部到嘉善抗倭，不幸壮烈牺牲。

倭寇从东面来，人们期冀着英雄依然在东门守土抗敌。

倭寇从东面来，英雄赖恩就是在东门抗敌时壮烈牺牲的。

赖恩是福建汀州人，奉调来嘉善抗倭。

赖恩奉调过来的时间是明嘉靖三十三年（1554）十二月，已是隆冬时节。这一年冬天应该是挺寒冷的，十一月嘉善开始建城，到第二年的四月份完竣。所以，赖恩只能率部在日晖桥畔宾阳门和外面罗星桥、罗星台一带驻扎抗敌。

赖恩的官职是百户长。赖百户一到嘉善就率众奋勇抗敌，杀敌甚众。

赖百户的死是个意外，赖部因疏于防范，使倭敌成功偷袭。赖部溃不成军，赖百户本人也被炸身亡。

站在历史长河的激流之中看，明朝嘉靖年间的倭患，不仅扰乱了东南沿海的经济发展，扰乱了东南沿海的社会秩序，更为严重的是让大明的人们远离了海洋，历史的车轮驶进了闭关锁国的轨道。

嘉靖的倭患数十年，不论是垒砖筑城之前，还是垒砖筑城之后，有记录的倭寇侵扰嘉善达十九次之多，“县治荡然，庐舍为墟，生灵涂炭，无法尽述”。但是，人们终究还是将赖恩的雕像，矗立在了宾阳城门楼。那是一种不屈，更是一份崇敬。

在嘉善这块土地上，抗倭英雄赖恩用生命书写了这样的一种精神，有血性，有气魄。

金丹：戚家军中善于用间的高参谋士

很难想象金丹的形貌，而他确实又是一个谜一样的存在。

县志的传略文字不多，对金丹的样貌气度，有这样的说明："已居家，穆然儒雅，人不知其为故帅云。"

金丹，明朝军事家。善于用间之术，曾从戚继光抗倭，累积军功而官至参将。

以"帅"称之，在唐宋乃至明清历代嘉善籍人物中，恐怕除了大明王朝中期的项忠，也就金丹一人了。穆然儒雅的一个老者，竟然会是一个能以"帅"字来称谓的，可见金丹曾经的不凡与卓异。

与项忠以兵部尚书之职总督军务不同，金丹并非执掌帅旗军权的人物。金丹是一个术士，是一个精于数术、善于用间的高参谋士。

大明王朝在嘉靖年间最让朝野痛苦和为难的，就是持续几十年而纷扰不断的倭患。戚继光抗倭，书写了民族的精神和历史的辉煌。金丹，就是戚大将军的幕僚，就是以“行间”之术而与戚大将军一起创造抗倭斗争胜利的人物。

在县志人物中，一看到金丹的传略文字，便想到了越王勾践的卧薪尝胆，想到了南北朝梅长苏的琅琊榜。或许是因为当下电视剧中古今用间故事的影响，总想从志传简简单单的几十个文字当中，读出些精彩绝伦的细节来，读出些别致生动的故事来。

但是，没有。读到最后，竟连金丹最终居于何地、卒于何时，都不得而知。

一个“累军功，官至参将”的老者，归乡居家以后，便如隐士一般，无人知晓其曾经的功绩与成就。

因此，即使将志传读之再三，也肯定是无法读到金丹用间之术的精妙，无法窥视到金丹如谜一样的身影。

那么，就自由而漫无边际地去想象吧。

项笃寿：再写项氏家族荣耀的人物

项笃寿的出现，不仅续写了已经持续一百多年、历数代而未衰的江南名门项氏家族的光荣，而且，还让整个项氏家族共有这份荣耀再传承了近百年。

项笃寿进士及第的年份是明嘉靖四十一年（1562）。自正统七年（1442）项忠进士及第以后，在一百八十来年的时间里，项氏家族先后走出了十个进士（其中两个武科），成为明朝中后期影响甚巨的江南名门大族。

项笃寿（1521—1586），字子长，号少谿。明代官员。嘉靖四十一年（1562）进士，授刑部主事，历仪制考功郎、职方郎，官广东参政。著有《路纪今献备遗》《小司马奏草》。

如果说项忠之于家族的意义，是让项氏基业的振兴实现了由商而仕、商仕并举的腾飞，那么，项笃寿的进士及第和其在仕途的作为，是在续写家族荣光的基础上，完美诠释了诗书传家的意义和价值。志传有云，项笃寿自幼聪颖又好学，“能博综古今，通达国体”。任职为官守直、持正，且能抗权势、保善类，只可惜未究其用而卒。

项笃寿的仕途并非一帆风顺，且有诸多波折。然因其为人慷慨大度，纬武经文善藏其用，不以言伤人；理发于正义形于衷，不吝以争胜。所以，在朝为官几十年，沉沉浮浮，终是旷达而真诚，遗留下了这个家族最可珍贵的好德与尚义。

唯家唯业，盖诚如斯哉矣。

盛唐：有一种处世之道叫"恬然自处"

关注到盛唐这个只做了御史的人物，是缘于对他的处世之道的欣赏。

在翻阅县志上盛唐的传略时，随手涂鸦的是这样的文字："妄议"之徒，官越做越小，然气节超拔。

盛唐，字元陶，号南桥，明代御史，嘉善魏塘人。嘉靖十七年（1538）进士，历任湖广道御史、湖广布政司照磨、湖广副使。参与修编了嘉靖《嘉善县志》。

细细研读志传，盛唐的官职倒未必真的是越做越小，而其磊落又豁达的本性，真的是始终如一。

嘉靖皇帝甫一继位，便发生了史称"大礼议"的事件。

皇帝要给已故的老皇帝建太庙，以示正统，不想竟然会引发了一场大大的争议，有众多大臣反对。

只做了个小小御史的盛唐，也参与其中，还"极言其非"，只是没有找见盛御史的奏本，也无法想象其中的文字内容。不过，志传中的叙述还是非常生动的：

“疏入，世宗震怒。本进，经览而掷地者三。”

皇帝在阅览时，将奏本一而再、再而三地掷于地上。你说得是恼怒到了怎样的程度啊！

于是，所有参与“邪议”的一众大小官吏，罚俸半年。

说到底，嘉靖还是个好皇帝，御史盛唐被外派去做巡按陕西的事了。

没想到，盛唐会因为弹劾在陕边守关的严嵩一党将领仇鸾，而被降职贬去湖广布政司里做了“照磨”，弄弄文书校勘的事情。

随遇而安，大概是盛唐最为人称道的地方。即使弄个闲职，盛唐依然能有所作为。而且，还因“所至多善政”，最后还一级一级地升任做到了湖广副使。

“亭边四友渺无存，娱老园林落日昏。依钓南桥拖屐地，土山丝竹谢公墩。”

盛唐以老乞归以后，在南城修筑了“聊适园”，中间建了个亭名“四友”，以梅兰竹菊自寓。亭北有一土墩，俗呼盛家高墩，乃盛唐归隐时浚池所积。清人的这首竹枝词，倒是相当形象地呈现了盛唐晚年的闲适与恬然。

项元汴：一生才情都付给了书画彝鼎收藏

“在到处都摆满珍玩的天籁阁，项元汴把自己所有的藏品都看一遍，要花上两个月的时间。两个月一轮看下来，再周而复始。项元汴就像山洞里的一只穿山甲，守着他的宝物，不许外人染指。不只生人不能靠近，家猫、蝙蝠也是严禁进入这间黑暗的屋子的，因为它们不经意间一抬足、一扇动翅膀，一不小心碰坏的就可能是商周时代的彝鼎，或者墙壁上挂着的晋朝的古画。”（《古物的精灵·天籁阁》）

项元汴（1525—1590），字子京，号墨林，明代著名收藏家、鉴赏家、画家，项忠后裔。刊有《天籁阁帖》，著有《墨林山人诗集》等。

再一次抄录赵柏田先生这段既写活了项元汴又写尽了天籁阁的文字，实在是觉得太过精彩了，经典。

或许,也可以将项元汴比诸一只硕鼠,在满仓的粮食里,总是这样慵懒而又满足地走来踱去。

项元汴的仓库名叫“天籁阁”,堆放着倾其毕生才情从各处捣腾收罗而来的字画、古物。

之所以会想到用硕鼠来比喻项元汴,倒还真的是因为《诗经》中的那句“硕鼠硕鼠,无食我黍”。项元汴对于古物、字画的贪婪和占有,或许是比之硕鼠有过之而无不及。

几百年以后,当我们有幸再目睹那一帧帧已经泛黄了的历代法书,品鉴那一幅幅已经暗黑了的历朝画卷,总会在字里行间,或在卷首卷尾,发现有项元汴臃肿的身影,依然在其中穿行、腾挪。

天籁阁的存在,让晚明的江南文化拥有了一座无与伦比的珍藏宝库!

项元汴的存在,让嘉禾的文化历史上拥有了一个空前绝后的书画品鉴巨匠、文物收藏大家!

与古同游,当项元汴的背影在历史的天幕上越行越模糊的时候,当天籁阁的故事在历史的长河中越传越悠远的时候,我们肯定是在注视、在倾听……

许镃：一个苦民之苦、哀民之哀的父母官

在许镃的人生字典里，仁义两字应该是最有分量的。

许镃不应该是一个威猛严苛的县官，而是一位心怀仁爱之心，常行仁义之举的父母官。

许镃是在大明朝的嘉靖四十四年（1565）来嘉善任职的，那是倭患平息不久，内忧日益深重的时候。许镃甫一到任的作为，倒是相当切合时下的为政之风的。

许镃，字国器，云南石屏人。明代官员。嘉靖四十四年（1565）进士，授嘉善县令，后拜御史，转佥事。为政亲民，施政仁义，入祀名官祠。

革故鼎新，除陋习、轻民赋，带头节俭度日。县志的传略中，不惜笔墨、不厌其繁地记录了这一位县太爷的诸多生活细节，比如出外不带厨役，比如退堂后不点官烛，再比如见衙内有空隙之地，竟种蔬以

自给。凡此种种，还真是有些迂腐，倒也是可爱至极。

倘若要说许镃为政治理的业绩，志书上没有交代。但是，志稿中又相当详细而生动地叙述了许镃与巡按庞尚鹏的故事。庞巡按一向严峻，群属都莫敢仰视。许镃却敢独自一人面对，慷慨论议，不激不阿，力请行立“条鞭法”，将民间的各种赋税合在一起征收，以减少税赋名目，减轻民众负担。而且，在审录时见衙役笞囚太重，竟以泪相顾，说：“吾民窘，无以赂若，毋重伤吾民。”百姓苦啊，真是没有可以进贡贿赂的东西了啊。别打得太重了，太重会伤人的啊！弄得庞巡按很是感慨，叹曰：“真民之父母也。”

“条鞭法”的真正施行，一直要到万历年间，是一代名相张居正成就事业的主要措施。许镃的倡议，实在是其走访民间疾苦时的收获。这样的为官之道，这样的为政之道，应该是千百年来千千万万心系民间疾苦的官、吏的正道、仁心。

许镃，一个把仁义两字放在最高处的清贫官员，为官数年，迁升赴京时，竟连舟车之费都无力承担，也真能算得一件值得宣扬的廉事。

钱吾德：成就大明王朝万历中兴的众多官宦之一

大明王朝经历了嘉靖以来的倭患苦难以后，终于迎来了万历年间短暂而难得的安定与兴盛。

钱吾德正是生活在那个时期的人物，和冯梦桢、袁黄一起被誉为万历初“禾郡三名家”。

钱吾德，字湛如。明代官员。隆庆四年（1570）举人，历官迁安县令、泰宁县令、宁州太守。

冯梦桢是秀水人，万历五年（1577）进士，官编修，迁国子祭酒，是明代著名学者。

袁黄，字了凡，嘉善人，万历十四年（1586）进士，是明代著名思想家。

相比较于冯、袁二人，钱吾德的科考功名，就是隆庆四年（1570）与袁黄同举于乡后，就再无进取了。举人钱吾德，时人都是以宰辅之才来期许的，足见其在当时的声望有多隆多高。

不为良医，即为良相，或许是禾郡三名家共同的愿望，只不过三人都未能进仕拜相。冯梦桢做了著书并藏书的学者，袁黄成就了善学著述的思想，钱吾德呢，凭良心实实在在地干了一辈子，总算是成就了一世的清名。

出仕为官的钱吾德，先后在迁安、泰宁两地做县令，在宁州做太守。在迁安，不攀附阉党魏忠贤。在泰宁，均役平输息赋税之苦，严令根除断肠草绝民众轻生。在宁州，更是洗冤狱活人无算，矫旨开仓放粮赈救洪灾。无论在何地，都可见得钱吾德有胆识、敢担当，为官一任，就能造福一方。而且，“居官不润脂膏，居家不问生产”，“乡饮岁举大宾，咸辞不赴”，丝毫没有去计较个人荣辱、在乎个人得失。

清贫一世，只为做事。或许，正是有了无数个钱吾德，所以才能有大明王朝的万历中兴。

陈于王：淡泊明志与星辰大海

翻阅关于你的志传时，我找到了两个词语：淡泊明志、冰鉴自矢。

或许，这应该可以算作是志传作者对你的肯定，一是你的处世为人，二是你的理事决断。

你是这样的人：无论是为官一任，还是做平民百姓，一生都执着于明理守位，坚守着修齐治平。

当与你的同科进士袁黄孜孜于探求立命学说的时候，你在句容为宰，或升刑部主事，又或去南部兵部督龙江关税、升湖广参政管理屯盐，始终如一的作为，就是惠政为民。

如果说袁黄终其一生为后世留下了一部关于善的理论著作，

陈于王，字用宾，号伯襄。明代官员。万历十四年（1586）进士，历任河北魏县、江苏句容令，刑部主事，湖广参政，四川按察使。

那么，你是以自己毕生的作为，书写了一个活生生的善字，一个善理朝政、惠民为民的人生。

正是你一生的言行举止，成就了一个家族赖以传承和张扬的一种风尚，还成就了一个家族几百年来始终绵延不绝的社会影响。而在这个家族的众多人物之中，我们看到了陈龙正的身影，那是你的儿子；看到了同善会的门牌和赈济活动，那是陈龙正和一众乡绅有组织的行善之举。

细读志书中你的传略，除了记述你在朝野各个岗位上的忙碌与奔走，你的自律与理政，字里行间仿佛总有着那样的一种天降大任于是人的情怀。

真的，就是这样的一种感觉。

吴志远：在荻花飞舞的祥符荡畔书写理学传奇

秋高气爽的季节，祥符荡岸边的芦荻摇曳，一穗穗，如一群又一群此起彼伏的白色水鸟，让这一处人迹罕至的旷野，生动了起来。

吴志远的身影，就在这样的一个空间里映衬着，衣衫飘飘，神情安怡。一卷书，一杆笔，或许是一种心驰神往的姿态，让祥符荡的每一个晨起和落霞，都是波光潋滟。

吴志远，字子往，嘉善魏塘人。明理学家。万历十六年（1588）举人，在西塘祥符荡边建有荻秋别业，与高攀龙、归子慕等东林党人过从甚密。

“平湖千顷生芳草，芙蓉不照红颠倒。”这是谁写的诗句，已经无所谓，随手抄录了下来，好像是可以用来说祥符荡，说祥符荡广阔湖面的水波荡漾、波光粼粼。

其实，在四百多年以后，我在祥符荡岸边，已经找寻不到吴志远的影子，也找寻不到那个叫荻秋的乡村别业。我知道，那里曾经是高朋满座的理学圣堂。而你，吴志远，竟然会被誉为明朝中晚期嘉善理学振兴的代表，是一个旗手般的人物。

在明清两代的嘉善文化史上，被县志记录为理学传播圣地的，除了始建于明正德十三年（1518）的思贤书院（因为有大家王畿驻讲而理学大盛）外，就是吴志远万历十六年（1588）乡试中举后，在祥符荡畔结庐的荻秋别业，与高攀龙、归子慕等往来谈道，理学之风复振。理学之盛，催生的是一个地方的教化，启迪的是一个地方的民智。

世间几百年旧家无非积德，天下第一等好事只是读书。崇文尚教，相因成习，蔚然成风，演绎成了无论是名门望族，还是乡野平民都拥有的一种自觉、一种传统。

荻花飞舞，波光依旧。关于吴志远，关于荻秋庵，已经很少有人提起。而那理学振兴的传奇，倒是随着岁月更替，一直在祥符荡畔沿袭着，如光如阴。

袁黄：在书斋里端坐着思索

袁黄（1533—1606），初名表，后改名黄，字坤仪，号了凡。嘉善魏塘人。明代官员，善学思想家。万历十四年（1586）进士，历任宝坻知县、兵部职方主事。著有《了凡四训》等。

一朵鲜花的盛开，意味着一片鲜花都将盛开。

命运的把握，在你的生命里成为一种可能。

少负异才的你，如果没有命由我作的信念，或许会一事无成。所以，你将一生奉持的功过格，记录成了治家格言、育儿训示。

我在几百年后，依然能够翻阅着不朽的《了凡四训》。

你不是一个可以静坐安定的人，你的性格更多的或许是在张扬和显摆。所以，年少时期就以“十三乘、四部、星雒诸书，无不研究，声誉藉甚”，是为明万历初嘉兴三名家之一。

我真的愿意想象的是，在一个并不很宽敞的书房里，书柜里和书柜顶上，甚至是墙脚角落，堆积着各式各样的书籍。书桌上叠放着的，也是各式各样的书本，或合或开。书房的墙上没有字，倒是挂着一幅松下听禅的画，古意盎然。

你已经苍老的身体，坐在那里，好像正宁神静气地端详着那幅画。

你在记忆曾经的岁月。

你在思索过往的激情、追求和作为。

你用一部善书，成就了几百年来人们关于灵魂的拷问和价值的评判，永不停息……

魏大中：放不下的是那一腔忠诚与悲怆

魏大中（1575—1625），字孔时，号廓园。西塘红菱人。明代官员。万历四十四年（1616）进士，历官行人司行人，工、礼、户、吏各科给事中，都给事中等。因上疏弹劾阉党魏忠贤，被诬遭狱而死。有《藏密斋集》25卷、《廓园尺牍》等存世。

或许，是你的忠耿，让三百年大明的天空始终阴沉如铁。

或许，是你的惨烈，让三百年大明的历史始终充满血腥和悲怆。

在你冰冷的额头上，我想刻下这样一行字：呜呼！忠烈如魏大中者，恐为大明三百年之第一人。

穿越时空，可以看得见的是你如其他所谓东林党人一样的书生意气，胸怀天下，心系苍生，风声雨声读书声声声入耳，家事国事天下事事事关心。

而你，竟然是以对君王满腔的忠诚，对天下苍生满怀的执念，换得了空前绝后的悲怆与哀怨。人固有一死，而死难如许，悲愤如许，忠诚如许者，除了和你一同赴死的杨涟、左光斗外，不会再有他人。

在你用生命书写忠诚的时候，你的儿子、少年才俊魏学洢也将生命书写成了千古绝唱的孝悌，感天动地。

忠，无愧于天地；孝，立面于君亲。魏氏父子的忠与孝，应该就是千百年来维系家国天下的那份高尚与珍贵，这么宏大，这么热烈！

三百多年以后，我在沧桑巨变的街道行走，车水马龙，行人匆匆，有如荫之树木葱郁，有如毯之草地微黄，间或可见正待绽放之金桂、银桂。曾经的魏家祠堂，曾经的忠臣孝子坊，都已烟消云散，踪影全无。

你啊，或许也在叹息：风尘滚滚，有多少历史过往能让人记挂，有多少忠啊孝啊能始终让人感动……

魏学洢：再也找寻不见你匍匐殉孝的背影

翻开大明王朝最黑暗、血腥的那段历史，就会看得到魏学洢和其父亲的悲怆与惨烈。

东林党人是以激越昂扬的书生意气，让大明王朝的最后几十年呈现了影响千秋的荣光。

东林党人作为一个群体，高扬着务实求真、知行合一的主张，展现了一身正气、清廉正直的品格，是一种为了理想临危不惧、坚守原则舍生取义的文化存在。

魏学洢的出现，在其父魏大中等"东林六君子"蒙冤惨死的悲剧中，增添了亘古仅有的悲怆与苦难。

魏学洢是殉孝而死的，死于匍

魏学洢(1596—1625)，字子敬。西塘红菱人。邑诸生。性至孝。父魏大中被逮入狱，魏学洢泣血号呼。父在狱中冤死，魏学洢匍匐扶榇以归，最后殉孝而死。崇祯初年，以"孝烈"之私谥配祭父祀，敕建有"忠臣孝子坊"。善属文，尤工赋。著有《茅檐集》8卷。

匐号泣之途，死于悲苦哀鸣之时。

大明王朝最后几十年的党争之乱，终于随着思宗皇帝的一纸诏令而结束。魏大中以其忠诚与刚烈，被追谥为“忠节”，敕建祠特祀。魏学洢则因其殉孝捐躯，被私谥为“孝烈”，与父配祭。

所以，魏学洢和父亲在死后多年，成为嘉善历史上最具影响力的父忠子孝的代表。

从此，人们就能在敕建的忠臣孝子坊前，叙说魏氏父子的大忠大义，演绎大明王朝最后几十年的腥风血雨，感叹亘古鲜见的历史风云、世态人性。

滚滚长江东逝水，历史的烟云已经消逝、散去。

站在曾经矗立忠臣孝子坊的繁华街头，魏大中无愧于天地的忠，魏学洢立面于君亲的孝，肯定依然是千百年来维系家国的那份情怀，无比高尚与珍贵！

或许，魏学洢匍匐殉孝的无泪之泣、无声之哀，已经幻化在了深沉如铅的天幕之上，映衬在了随风飘移的彩云之际……

丁宾：沉香荡畔有清风

那一个端坐在柳条椅上的老人，应该就是你。

沉香荡里吹来的那一阵一阵的凉风，将你前额上留着的几根白发银丝，拂动，再拂动。

你啊，九十高龄的你，已经将生活过成了一身补丁叠补丁的棉布长衫，一碗清凉的莲子薄粥，还有就是手持着的那一把破旧蒲扇。

在你抬头看我的那个瞬间，我看见了你春日阳光般的神情，安宁、温和。

你真的终于将府上的三千石稻粟，全部赈济给了受灾无算的贫民。

你还真的以府上的三千两金银，全都资助了因灾不能输赋的农户。

丁宾（1543—1633），字敬宇、礼原，号改亭，姚庄丁栅人。明代官员。隆庆五年（1571）进士，历官句容知县、南京右佥都御史兼提督操江、南京工部尚书、太子少保、太子太保。谥号“清惠”。有《丁清惠公遗集》8卷存世。

在这个时候，你再也不是兼督江防的“丁操江”，也不是明朝南都的工部尚书。你啊，就是一个退居乡野的小老头。空空荡荡的丁家宅院，冷冷清清的乡居茅舍，只有那株苍老如虬的黄梅，依然散发着幽幽的沉香四溢飘动。

后人将那个小镇以你的名字来命名，叫丁栅。那株老梅树边上的一片水面，波光如粼，名之为香湖。

几百年后，香湖还在，老梅已经无踪。行走湖畔，那个小老头的身影或许还在，端坐着，隐隐约约。

从湖面上吹来的清风，依然如丝如缕地轻拂着你额头的银丝白发……

钱士晋：用劳碌两字书写了一生

你是一个巡抚。一身威严肃然的官服，包裹着你羸弱的躯体，远赴千里之外。

然后，你竟将自己永远地留下了。

你在云南仅一年，就“以劳瘁卒于官”。

你是明朝崇祯年间的一位封疆大吏，是大明王朝三百年来无数个殉职于任上的大小官吏中的一个。

你的一生，就用两字概括：劳碌。

你的仕途从京城开始，然后，越走越远，越走越往偏远的地方去。最后，你就再也走不动了。

钱士晋（1577—1635），字昭自，号康侯。嘉善魏塘人。明代官员。万历四十一年（1613）进士，历任刑部主事、大名知府、河南右布政、山东右布政、云南巡抚。勤政有为，积劳成疾而卒于官。著有《经济录》10卷。

从辽东到山东，再去云南，是你的胆识与才干，即使起起落落沉浮，即使劳心劳力成疾，一路走去你始终无怨无悔。

在刑部，你敢冒“上怒”而力争平冤数千人。

在大名，你倡导捐出俸银计四万金以代民输赋。

在辽东，你监军改督三年筹饷三百四十余万石，你创设津渡水运粮食凡三十二万多石以济边防守军。

在山东，你亲自督促漕运以抗击贼寇。

你啊，当你以积劳而已成疾的疲惫之体，受命去了云南这么偏远的边境之地的时候，你知道，在那里将会成就你生命中最后的绝响。

在云南，你平寇治乱，你积谷会城，你治水浚流，你改钱币、捐贡金……

或许，是在那一年的初秋时节，你让人用官轿抬去了滇池。你肯定是想来看看这一望无际的水，波光潋滟，一如梦中的江南。那是你远离了二十多年的故乡。

五百里滇池浩森无垠、碧净如洗。你拄杖而立，或许会回想起曾经的那些岁月、那些作为，也如眼前见到的池水一样，奔湍、消逝。

魏学濂：你用生命将一个愧字书写了几百年

死亡，对于一个人来说具有两个层次的解释：一是肉体的消失，一是灵魂的灭亡。

对魏学濂来说，生与死，其实就是一个灵魂在煎熬着的痛苦中挣扎、抉择。

当死之时未死，便会如行尸走肉一般，没有灵魂。或者，是如一个丢弃了灵魂的野鬼，四处游荡。

崇祯皇帝，是以在煤山找了棵歪脖子槐树吊死，来结束了自己的生命。同时，也以这样的悲剧，来结束了一个历时近三百年的王朝。

处在这幕悲剧大戏中心的魏学濂，竟然因为不死，成为一种

魏学濂（1608—1644），字子一，号内斋。嘉善魏塘人，魏大中次子。明崇祯十六年（1643）进士，擢庶吉士。明末词人，"柳洲八子"之一，又善画山水，兼工花鸟。有《日知录》《后藏密斋稿》《内斋集》等留世。

象征，一种让后人唾骂的象征。

因为有其父魏大中，因为有其兄魏学洢，在崇祯一代，嘉善魏氏家族以“忠孝萃于一门”而名闻天下，魏学濂则以忠孝人家之后而誉满京城。但是，京师陷，皇帝死，而魏学濂却不能死，为何？曰：我不能以有用之身轻一掷也。

于是，史书上便留下了永远都无法抹去的一笔，魏学濂在明王朝覆灭之时，没有以身殉节。历史的诡异就在于个人命途的多舛和无奈，就在于无法明析悲剧与喜剧的界限。

魏学濂终究还是要死了的。当他看到在江南老家的亲戚族人们，用丧吊祭祀的场面，隆重哀悼京城沦陷、亲人死难的时候，魏学濂便注定了要成为不能不死之人，成为必须要以死才能明志的人。或许，闯王李自成破城之时，魏学濂不以死殉明，真的是如史书所谓“素负志节”。

但是，不死的魏学濂碰上了哀悼魏学濂死于忠的门第家风，除了羞愧难当，除了苦痛纠结，又能有何选择呢！

“忠孝千古事，于我只家风。”“死且有余罪，何敢言丹忠。”

明末一代诗人词家、著名的“东林之后”魏学濂，在崇祯吊死于煤山后四十天，于羞愧痛苦之中，无颜求生之时，赋绝命词二章，步了皇帝后尘也自缢而死了。

时过境迁，几百年以后，我们再翻开魏学濂的那绝命二章，字里行间除了不死的怨恨、惭愧，竟无一言不能死、无一字不敢死，呜呼哀哉。

魏学濂啊，唉——！

徐石麒：一个满腔悲悯的身影在风雨飘摇中行走

也许是曾经的四方游走，让你拥有了一种坚毅和忠诚。

你是一个忠臣，但你生不逢时。

风雨飘摇的岁月，你能有多少力挽狂澜的作为？你将严明律法与敬惜才学并举，一次，两次，甚至多次由朝堂之上，落职而闲住于市井之中。

大明三百年的光阴，让腥风血雨与悲怆惨烈，书写了最后的结局。而你恰恰是从天启到崇祯，前后只不过二十来年的时间里，在朝堂之上站立着，挣扎着，纵然是一而再、再而三地跌落，也始终是坚毅而慷慨地急家国之急、忧天下之忧。

你的那一颗忠臣初心，最终竟

徐石麒（1578—1645），字虞求，号宝摩，姚庄人。明代官员。天启二年（1622）进士，历官工部营缮主事、南京礼部主事、刑部右侍郎、吏部尚书等，明亡时自缢以殉。有《可经堂集》存世。

是用近乎愚忠的姿态来呈现的。作为一个已经称疾乞休的老臣,在大明南都城破之时,你专门自郊野入居城中,朝服自缢。你说你是朝中大臣,不可以死于荒郊野地。而且,连带着城里和城外的一众仆佣,也相从而赴死。

当我在古书堆里读到有关你的那些文字时,脑海里浮现的是一个满腔悲悯而又无望的身影,听任那腥风血雨吹打着,那哀号遍野呼喊着。而当突然的一个电闪雷鸣、一个惊天霹雳,便会让这一张写满了怨屈、坚毅和忠贞的脸庞,清晰、再清晰……

对一个至忠至诚的忠臣来说,最可恨的是在王朝大厦将倾将倒之时的无力回天。

对一个才高识多的能臣来说,最可恼的是在王朝大厦将倾即倾之时的无计可施。

我知道,明清易代,忠义之士千万,奸佞之徒亦千万。让历史记着的,一定是真正的忠义之士。你就是其中的一个,而且是连你的敌人也敬重的那一个。在大明王朝被推翻一百多年后的清乾隆四十一年(1776),你被追谥为"忠懿"。

我不知道你的忠骨葬于何处。或许,你刚方清介的身影,就像一个幽灵,一直在风雨飘摇中行走……

陈龙正：相信有一座桥是为你而建的

水乡桥多，水乡路长。

在江南的每一条路上，都要建造一座又一座的桥来连接，从这一头延伸到那一头。

水网如织，路网也如织，疏密有致，勾勒出了时空的经纬，罗列下了一层又一层的生活过往、历史记忆。

陈龙正（1585—1645），初名龙致，字惕龙，号几亭。惠民王带人。明代官员，慈善家。崇祯七年（1634）进士，官中书舍人、南京国子监丞。倡建同善会，开近代慈善事业之先河。有《几亭全集》60卷存世。

倒映在水面上的晚霞已经黯淡，桥上乘凉的人更多了，有双手撑着扶栏的，有背靠着扶栏的，也有把脚搁在扶栏上压腿的。喧嚣了一天的城市，日复一日地用这样的场景，书写熟悉与陌生。

桥下的水，也是如许地流淌了一年又一年。

每一座桥，都会在水面有一个倒影，圆拱的，平板的。每一个在桥上走过的人，应该也都会在水面留下一个倒影。而在这一座拥有着一顶亭子的石板桥头，一个清瘦矍古的老头的身影，在熙熙攘攘的人来人往之中，站立了十年、百年，抑或还会站立百年、千年。

我不知道这一座叫亭桥的桥，当时是不是为纪念你而建。几亭，是你的号。那么，以一座跨越河道两岸、连通南来北往街衢道路的桥，让每一个过往的行人都认识你、知道你，从几百年前，到几百年后……

我真相信，有一座桥是为你而建的。

在那座桥的亭子里，隐隐约约地映衬着三个字：同善会。

夏允彝：你背上的衣衫竟然没有打湿

吴淞江，是一条古老的大江。

因为一个名士的投江，让这一条古老的江河，顷刻间洒满了无以言表的悲怆、哀怨和凄楚。

夏允彝（1596—1645），字彝仲，号瑗公。明官员。崇祯十年（1637）进士，授长乐令，以廉能名。

大明王朝大厦在矗立了近三百年以后，风雨如晦，哗啦啦倾倒、消逝、结束。江南众多的高门望族、官宦士绅，纷纷随之遁迹江湖、归隐山林。而有一群壮士的英勇、慷慨，又让历史的演进，多写了一页鲜血淋漓、狼烟翻滚。

夏允彝的登场，就是一种壮怀激烈、一种哀伤绝望。

夏允彝的投江，竟然是一个非常讲究的过程，有程序，有仪式。

修面，理须，梳发。着新制衣

衫，穿新制鞋袜。

1645年11月4日，已是寒冬的日子，焕然一新的夏允彝，领着一众同样穿新衣新鞋的家人、仆从，抬着空棺，捧着花烛，穿街走巷，来到了吴淞江边。

夏允彝将以投江自尽的方式，在家人仆从的见证下，展现他与众多江南士子一样的家国情怀、悲怆怨恨。

悲啊，这一片的大好山河正在烟熏火燎。

怨啊，这满腔的忠义情怀已经空掷无回。

决然而又绝望的夏允彝纵身跳进了吴淞江。冬季水枯，竟仅没及其腰。肃穆而哀恸地立于岸上的众人，眼见的是夏允彝又将头埋进水里，生生地呛水而气绝。

投江殉明的夏允彝，在吴淞江里埋头呛水自绝的时候，背上的衣衫竟然都没有被打湿……

吴淞之水震泽来，波涛浩瀚走鸣雷。

几百年过去，再走到吴淞江畔，能看见、能感觉的已经是多多少少风雨飘摇以后的气势澎湃、波涛汹涌，能体悟、能慨叹的肯定是多多少少岁月更替以后的浩浩荡荡、奔腾不息。

金七：人们在你投江的岸边修建了一座庙

把敬仰和尊重，塑造成一尊像供奉到一座庙里，每年定一个日子，让四乡八邻的乡亲聚集、进香，既是祭祀，又是祈愿。

这是源自民间的一种创造，表达着民间的真诚信仰和美好愿望。

对七老爷的敬重，便是西塘文化的"硬核"，是西塘古镇最接地气的文化传统。

七老爷姓金，据说是排行老七。

七老爷在成为老爷之前，只是个小小的押送皇粮的差官。七老爷之所以被百姓尊崇为老爷，是因为他私放了皇粮，是因为他私放押送进京的皇粮给了闹灾荒的饥民。

七老爷将他所押的皇粮，私放

金七，相传是明代末年的一名运粮官。运粮经过西塘，适逢严重旱灾，稻粮绝收，路有饿殍。金七动了恻隐之心，私自放粮赈济，灾民赖以存活者甚众。金七因此而投江殉法。百姓感戴其恩德，建庙以祀，因其排行第七，故谓之"七老爷庙"。后朝廷为旌其为民舍命之义举，追封为"利济侯"，又加封"护国随粮王"。

在了大明崇祯的那一年，饿殍遍地的江南水乡。

七老爷私自放粮，是杀头的大罪。

所以，七老爷就在他私放皇粮的地方投江了。或许是因为他想留在江南水乡，是因为他愿永远庇护着江南水乡这一方的百姓。

于是，人们就在他投江的地方修建了一座庙。

于是，在这江南水乡，在这西塘古镇，在这四乡八邻的百姓心中，就拥有了一个被尊称为“七老爷”的庇护神。

后来，七老爷被封为利济侯、护国随粮王，多好的名头啊！既利济百姓，又守护家国。

七老爷啊，在封王封侯以后，就真正成为庇护一方的神祇，让四乡八邻的老百姓祭祀和膜拜。

一大清早，走进了位于西塘古镇塔湾街的护国随粮王庙。因为，七老爷今天要出巡，七老爷要去巡视他庇护着的这方水土。

看着这一众穿着大红衣褂的人们，七手八脚地抬起了盛装的七老爷塑像。大铜锣敲响了，长号也吹响了，鼓乐的节奏欢快明亮了起来，岸上、桥上、船上……那么多人，男男女女，老老少少，人人都将虔诚和喜悦写在了脸上。

几百年来，人们就是这样一年又一年来祈愿的。那么，就这样再祈愿一年又一年吧！相信，七老爷肯定会庇佑和守护这一方土地、这一众百姓的——百年，千年。

夏完淳：漫漫长路边的一株黄花正在开放

夏完淳（1631—1647），原名复，字存古，号小隐，又号灵首。嘉善籍华亭人。明末诗人，抗清英雄。有《玉樊集》《南冠草》存世。

对夏完淳而言，或许可以有许多种如果。

如果夏完淳在最后时刻接受了洪承畴的招降，如果夏完淳没有投身抗清复明的烽火狼烟之中，如果夏完淳不是生活在大明王朝覆灭的时候……

每一次去翻读夏完淳的《狱中上母书》时，那份大义和激情告诉我们，现实当中是没有这些如果的，一个都没有。

夏完淳，就是一个在四海狼烟里行走的少年，就是一个在黄花白草间前行的英雄。

从马家浜到良渚，从良渚到淞泽、再到马桥，在江南已经发现的所有古文化遗址中，前后历时达七千年之久，除了石器、陶器，除了稻谷、鱼刺兽骨，最让人赞美的便是温润、精美的玉器。玉器，不仅代表了先人祖辈们当时所拥有的财富、权势，而且还标志了人们所掌握的技术与工艺。

如果可以，玉器应该就是江南文化的象征。除了精致、温润，或者晶莹、通透，还有的就是坚硬。

江南文化历史几千年的流淌、演绎，就是因为拥有着夏完淳这样的英雄，所以才会在柔美、艳丽之中，增添了如玉石般的坚硬。

这是一份从骨子里渗透着的硬气，是一种历久弥坚的豪情。

夏完淳，就是在漫漫的历史长路上，让江南文化更加丰富、更加激越、更加荡气回肠的那一株黄花，正在开放。几百年后，我们依然在他的凛然大义中慨叹，在他的豪迈激情中感动。

夏完淳，是一个只用十七年就写完精彩人生的人。

夏完淳的一生，就如一块玉石一样，晶亮，透明，硬气。

钱士升：透过那缕缕青烟去看云

你是一位阁老，在朝堂位高权重，既忧其君，又怜其民。

你是一个居士，在放下庵里与青灯相伴，朝闻晨钟，夕听暮鼓。

钱士升（1575—1652），字抑之，号塞庵，罗星人。明代官员。万历四十四年（1616）状元，历官翰林院修撰、南京礼部右侍郎、礼部尚书兼东阁大学士。有《易揆》12卷、《逊国遗书》7卷等存世。另增删《南宋书》68卷。

如果有研究者能用传记的手法，来记录你的一生，那肯定会让人感慨万千，感叹不已。

无论是嘉善建置以来的几百年，还是可以追溯的有记录的数千年，或许更久远的历史，你都是这块水乡泽国里唯一既状元及第，又拜官为相的人物。

只可惜，时世之乱、之艰，没有让你成为名留青史的一代忠君体国的良相。满腹经纶，一腔热情，也只能有如庾信《哀江南赋》那样的哀叹："呜呼！山岳崩颓，既履危亡之运；春秋迭代，必有去故之悲。天意人事，可以凄怆伤心者矣！"

身处明清两个朝代更替的乱世，除了悲怆与哀怜，你又能有何作为呢？

从官修的正史、方志，到民间的杂录、逸闻，我看到了你为营救东林党人而上下奔走的忙碌和艰辛，我也看到了你不阿时政、耻与不同政见之徒为伍的尊严和品格……

独坐青灯相伴的你，即便是已经落发为僧，却依然"胸垒千兵，心涛万斛"，任世事变迁，任云卷云舒，悲天之心依然，悯人之心不移。

在浩如烟海的故旧纸片上，几十年、几百年后，你的身影肯定会越发清晰。

曹勋：为嵌田赔亏一案而奔走呼号之作为堪称义举

先贤，是人们对历史名人的一个称谓，有着强烈的崇敬和褒扬之情。

清乾隆二年（1737），知县张圣训在县城东南建魏塘书院，以兴文教。书院内还专门新建了合祀六名先贤名士的六贤祠。张知县又延请时任浙江巡抚的纳兰常安，撰写了洋洋洒洒的一篇《祠堂记》，并刻石树碑。

纳兰巡抚非常懂得一个地方尚文崇教的重要，也相当了解地处吴越之交嘉善一邑的文教渊源：

“浙之属邑有嘉善，其地贤哲辈出，而莫盛于前明中叶以后。保障留都，清风惠泽，有若丁公改亭；学贯天人，名震海内，有若袁公了

曹勋（1589—1655），字允大，号峨雪。嘉善魏塘人。明代官员、诗人。崇祯元年（1628）会试第一，授庶吉士，历官礼部侍郎。精于《易》，著有《易说》3卷及《存笥》《行箧》《东于诗草》等诸集。

凡；挥击阉竖，九死不悔，有若魏公廓园；为民请命，争执去国，有若钱公塞庵；文章气节，朗朗炳炳，有若曹公峨雪；不负所学，蹇蹇谔谔，有若陈公几亭。”

巡抚大人对嘉善的六位先贤，都给予了崇高评价。相对于丁宾、袁黄、魏大中、钱士升和陈龙正，曹勋是以其“直抒性灵，自成一家言”的诗词文章，为后世所崇敬。

曹勋生活在明末清初，是明崇祯元年（1628）的会元。在朝为官的时日不多，因有感于朝政的昏暗，在礼部侍郎位上请辞归养。

作为名重一时的江南文坛领袖，在考中进士入仕之前，在辞官归养之后，曹勋或以诗词结社、唱和，或以理学讲论、研习，既影响了嘉善一邑的文风，也带动了曹氏家族的诗书传习，让嘉善曹氏成为江南文坛独树一帜的风流人物。

作为由明而清在嘉善一邑有百年影响的高门大族，曹勋最为后世传扬的，就是其为嵌田赔亏一案而奔走呼号。清光绪县志中有这样一段精彩的文字：“尝为善邑虚粮入郡诣当道，义形于色。嘉、秀无赖蜂拥为暴，舆盖迸裂。”为乡里百姓呼号，不惧无赖恶徒暴行，是为民请命的大义之举。

“追念往日登高。叹河山如昨，历尽波涛。问龙沙盛会，千队旌旄。而今唯有牛羊下，谁能料、万事秋毫。只须洒落，月明风细，痛饮持螯。”

曹勋的诗词存世不多，从上面抄录的这首伤秋之作中，或可见其于家于国的感叹，或又能悟其世移时逝的伤怀。

孙璋、倪抚：难得血性真男儿

明末的江南，血雨腥风。

明末的水乡，狼奔豕突。

有的人被裹挟着，而更多的人是主动投身其中的。

在烟雨如梦、温润如玉的江南大地，这一群书生意气的人，这一群锦衣玉食的人，竟然书写了反清复明的刀光剑影、血性刚强，轰轰烈烈，气吞山河。

孙璋，就是这一群人里的一个血性男儿。倪抚，也是这一群人里的一个血性男儿。

孙璋走来了，倪抚也走来了。

和孙璋、倪抚一起走来的还有“白头军”首领吴易、乞休的吏部尚书徐石麒、长乐知县夏允彝、“几

孙璋（？—1646），字玉章，嘉善魏塘人，明末国子监监生，授中书职。倪抚（1608—1646），字曼倩，明天启、崇祯间邑禀生。清兵破苏州、嘉兴，孙、倪会亲朋、捐家产，举义抗清，与太湖“白头军”吴易，嘉兴徐石麒，松江陈子龙、夏允彝等合兵共事，曾先后两度光复嘉善县城。后受清知县诓骗，孙、倪、吴等同被逮捕。孙与其子在押解途中一同投河自尽，吴与倪被押去杭城处死。

社”巨子陈子龙。

嘉兴城破，徐石麒着朝服上吊赴死。

南京失守，夏允彝赋《绝命词》一首自溺身亡。

密谋起事被捕，陈子龙在押解途中投水殉国。

孙璋走来了，倪抚也走来了。

在孙璋的身后还有其子、其女。

吴昜、倪抚、孙璋与其子孙钜是同被诓骗而逮捕的。

孙璋与其子孙钜在押解途中，一起自尽于东门孙家桥东河中。其四子孙思明、六子孙汉目削发为僧后，也未幸免而被杀。其女是徐石麒儿媳，最为刚烈，竟怀抱着年仅三岁的儿子投河同死。

吴昜、倪抚严拒投诚，在杭城同被处死。

孙璋走来了，倪抚也走来了。

难得血性真男儿。在狼烟四起的时代变迁、朝代更替的明末，孙、倪两家或许可以算是那一段血与火的见证，也可算是那一群殉节死国者的代表，大爱至忠。

吴黄：深明大义的一代才女

明末清初的江南水乡，其实是相当混乱和动荡的。作为江南名门第一望族的钱氏人家，被轰轰烈烈的反清复明斗争裹挟着，成为一种标志、一种象征。以至于后世多少代，都将钱家坚守二百多年无一人仕清，当作了一份人文精神和文化价值的注解。

在钱氏人家的人物谱系里，有相国阁老之尊的钱士升，肯定是要排列在前面的。钱士升在奔走呼号抗清失败了以后，在景德讲寺之西，营建了放下庵，削发为僧，伴着青灯终老。

钱氏家族中，真正将满腔热血投掷于抗清斗争之中的人物，首推

吴黄，女，字文裳，明末理学大家吴志远之女，东阁大学士钱士升之媳。幼承庭训，擅词翰、书画。以变卖金银首饰资助反清复明义军，以全心操持维系相门之家。著有《获雪诗文稿》6卷。

的应该是钱阁老的儿子、侄子一代的钱继祉、钱棅、钱栴三人，以及钱栴的女婿、少年英雄夏完淳。钱氏三兄弟是在南京沦陷后，慷慨捐家，举旗抗清。钱继祉、钱棅先后惨烈战死，钱栴被俘，与其婿夏完淳同被杀害于南京，其妻亦自沉江中以殉。

吴黄的身份，是钱阁老之子钱格的妻子。作为女流之辈，在历史的大动荡中，自然也不能置身于外。钱格体弱早逝，钱氏家男人挺身而出的时候，吴黄等女眷也巾帼不让须眉，变卖了金银首饰以助义军充当军饷。而当钱家的男人们终于兵败而成殉以后，偌大的一个相国府邸，吴黄便成为这一个家族里筹划操劳的主心骨。

而且，吴黄以其全身心的操持和劳作，让蒙受大难的钱氏人家，依然维持着书香意气，依然保持着名门的大义和风骨。

吴黄，一介女流，深明大义，不愧相府人家的一代才女。

项圣谟：选择了在乡村的地头田间写意抒情

项圣谟走进了这座已经年久失修的庵堂，晚秋的风，吹动早已褪尽了颜色的经幡，也吹动了佛龛前欲熄未熄的油盏灯火，一闪一闪。

项圣谟（1597—1658），字孔彰，号易庵、胥山樵，嘉兴人。明书画家，明亡后客居嘉善清凉。擅山水，兼精花卉。有《项易庵集》《朗云堂集》《清河草堂集》等存世。

项圣谟知道这是一座破旧的寺庵，很小，只有三开间。他是因为这寺庵的名字才来的。

项圣谟来到的是清凉庵，始建于宋代，位置很好，就在白牛居士清风泾古镇的西北角边。那地方缘于这座小小的寺庵，自然汇聚成了一个集市，叫清凉。

在研究了清凉庵的名字和位置以后，我对项圣谟为什么会选在这里栖居，倒是有了些许理解。

明代的项家，无论是官至刑部

尚书、兵部尚书的嘉善县建置后第一个进士项忠，官至兵部郎中的项笃寿，还是空前绝后的书画大收藏家项元汴，毫无疑问是名符其实的高门大族。项圣谟是项元汴之孙，他有一方印章是“天籁阁中文孙”。天籁阁是项元汴的藏书楼。所以，项圣谟也是明末名满江南的书画大家。

我倒并不惮于去探究项圣谟来到清凉并在庵内寄居的缘由，或许是与对白牛居士的敬仰有关。可以肯定的是与朝代的更替有关。估计项圣谟到清凉是在清代的顺治年间，江南大地刚经大乱而渐次稍安。作为明人，早在崇祯十四年(1641)，也就是明王朝被推翻前夕，项圣谟就以《老树鸣秋图》和题画诗，对大明王朝大厦哗啦啦倾覆，表达了一种恋无可恋的无奈：

老树鸣秋到枕边，起来落叶满前川。
未随浪去非留恋，岂道江南别有天。

从这诗的字里行间，真的能读出项圣谟走进清凉庵的缘由。项圣谟在生命的最后十多年，一直过着隐逸的生活。是不是始终居住在清凉一地，无从查考。但以江南水乡的地头田间、茅屋枯树来写意抒怀，倒是可以确定的。而且，还自诩是“江南在野臣”。

忽然想到，对项圣谟这样的人物，我们关注得真的并不多，甚至连他的籍贯都无从知晓。当然，我们只要还能记着项圣谟来到了田间地头的乡野抒怀写意，就可以了。

曹尔堪：开一代雄健词风的文学大家

曹尔堪(1617—1679)，字子顾，号顾庵，复社社员。松江籍，寓居魏塘。清顺治九年(1652)进士，馆选庶吉士，后授编修，又任内弘文院侍读、侍讲学士等。因“细事”被责罚，幸得赎获归。中举前与钱继振、郁之章、魏学濂、吴亮中、魏学洙、蒋玉立等同人每月在柳洲亭会文，时称“柳洲八子”。获归后纵情山水，以山水诗词与宋琬、施闰章、沈荃、王士祯、王士禄、汪琬、程可则唱和，世称“海内八家”。著有《南溪词略》2卷、《杜鹃亭稿》《南溪诗文略》20卷。

或许，以你的才情本就不应该只是去做一个皇上的近侍随从。

或许，你的本性应该就是一个纵情山水、歌赋吟咏的诗人、词家。

你失宠了，但你宠辱不惊，不以被放逐为意，偕三五老友，登陕晋冀鲁众山，览胜观景，吟诗赋词，唱和抒怀。

你在清初诗坛的价值，写在了你的纵情抒怀之中，写在了你和一众诗友的酬唱和诵之中。

从明末崇祯年间于嘉善城北柳洲亭环碧堂的每月会文，到清初康熙年间先后在杭州江村、扬州江桥和京师秋水轩的三次诗词唱和，从明末的“柳洲八子”到清初的“海内八家”，你始终独领风骚，引吭高歌。

“朝来晴，晚来晴，罩屋桑阴分外清。短檐鸠妇声。云须耕，雨须耕，新织蓑衣掩骭轻。竹枝歌太平。”（《长相思·农家》）那样轻松，那样率性。

“芳蕨桃花江渚，管领渔蓑归去。唱起竹枝词，独自轻移柔橹。深处，深处，添得半篙春雨。”（《如梦令·江村》）这般流畅，这般清丽。

上面所引的两首小词，应该都是写家乡美景的，清人王士祯有评说：“如桐露新流，松风徐举，秋高远唳，霁晚孤吹。”

清光绪《嘉善县志·艺文志》中收录的是一首五言古诗：“雨久肯暂霁，日气惨犹匿。竹密藏孤烟，浓与淡交织。徒步山之巅，寒风起肌栗。秋虫非一声，弥以貌幽阒。累累枸杞垂，青黄间朱实。无端秋草荒，壮怀傍枯寂。揽彼畴陌广，嗟我胸抱窄。落落凄迴心，逃林恐不密。入世徒自悲，置身在高侧。”（《九日雨后聊适园登高》）写尽了世事维艰，道完了宦海沉浮，读来该是怎样沉重，又当是怎样悲慨。

如果说，读柳洲词派能让人感受清丽雅致之境，那么，读海内八家则能沐雄浑苍健之风。

由“文心淡对秋菊”的清逸、雅丽，转而为“谁能料，汉家遗庙，明月依然照”的苍郁、雄浑。是的，是心境随变迁而发生了变迁，是词风由清雅而转向了雄健。

而你，一直是站在诗坛的中心地带，始终随心所欲地引领着诗坛词风的开拓、嬗变。

你啊，终究是一个感怀家国的文人。

柯耸：敢于直言进谏的参议大臣

读柯耸的奏疏，你会惊叹于他的直言与大胆，你更会惊叹于他的真诚与深情。

柯耸是一个言官，在朝做了十九年的参议，上奏的疏文有五十七份之多。

柯耸（1619—1679），字素培，号岸初。西塘镇人。清代官员、诗人。顺治六年（1649）进士，知湖北枣阳县，授礼科给事中，转通政司左参议。著有《存古堂文稿》《霁园诗》《帘静轩集》。

柯耸是一个敢于直言的谏官，为民请命，既敢痛陈地方官吏不恤民情之害，又敢吁请皇恩浩荡救灾荒、解民苦。

柯耸的时代，正是大清王朝重拾山河、百废待兴的时代，正是康乾盛世开启序幕的时代。

柯耸的奏疏，除了应时应景的建议，除了当下亟待的议政，更重要的是除积弊、去沉疴，改陋习、革旧规，立新法、创新制。

《吁请蠲恤疏》，柯耸针对江南水患严重，百姓苦无收成，而地方官吏又不恤民情，吁请朝廷赈灾免赋，谓此举乃“以培万年之邦本”。

《请蠲民欠疏》，清初的江南，因为朝廷追缴陈年欠赋，使饱受水患之害的百姓苦上加苦。柯耸此疏是在陈民情、诉民苦，议请朝廷“轸念小民疾苦”，继续免去欠赋，休养生息。

《更定充役之法疏》《江浙水利疏》《酌减漕耗加赠疏》……柯耸的这些让县志收录的奏疏，光看题目，你就会发现，除了减免，除了更改，余下的依然是减免，是更改。

柯耸啊，作为一个谏官，心心念念的就是安民、恤民。因为，那是能让百姓有“皇仁所被，尧舜同符”之感受，能使“国家长享有年之庆”的举措。

柯耸的直言进谏，是一份为臣的忠诚，也是一种做官的良心。

陆陇其：在石溪桥头伫立

我相信，你曾经来过，曾经在康熙六十年（1721）重修的石溪桥头站立着，看桥下的河水，悄然无声地向东流去。

向东，是浩瀚无垠的大海。

你在石溪桥头拄杖伫立的时候，其实是在你已经离世了两年以后。因为，是这一年的春天，康熙帝要点名选用你出任江南学政。

不怪你走得太匆忙，只能感叹你生不逢时。

其实也不是，你生前的努力和作为，在你离世以后的几十年里，全都成就了清朝历代绝无仅有的光彩，成就了江南陆家空前绝后的荣耀。

陆陇其（1630—1692），原名龙其，字稼书。平湖人。清代官员、理学家。康熙九年（1670）进士，官嘉定知县、灵寿知县、四川道监察御史。谥号“清献”，追赠内阁学士兼礼部侍郎。著有《读礼志疑》6卷、《四书讲义困勉录》37卷、《读朱随笔》4卷、《三鱼堂剩言》12卷、《三鱼堂文集》12卷等。

康熙帝不胜感慨地嗟叹，赞誉你为不可多得的优秀之才。雍正帝感念你的清正廉洁，以“天下第一清廉”和“理学儒臣第一”的品格，诏谕从祀孔庙，成为清朝历代第一位从祀孔庙的人物。乾隆帝再赐你“清献”谥号，追赠内阁学士兼礼部侍郎。

你啊，竟然能让三代清帝用几十年的时光，如此这般不断地来褒奖、颂扬。

你啊，真的是该回到石溪桥畔，即使伫立不语，也当心潮起伏、才思如涌……我知道，循着日夜奔流不息的石溪，从石牌泾到泖河口，从明至清，自西而东，在沿岸的一个又一个村庄、市集，有你梦中牵挂的尚义坊、三鱼堂和清献公祠，有虽破旧不堪，却影响深远的尔安书院。

如果可以，我想就在你身后石溪桥的亭柱上，刻下那副楹联：“世上几百年旧家无非积德，天下第一等好事只是读书。”

石溪桥畔树青青，水满横塘月满汀。
两岸柳丝牵不住，轻舟已过石牌泾。

乡音棹歌的吴侬越语声中，你化身铜像或石雕，在桥头伫立。

莫大勋：一颗清白臣心的那一声叹息

1671年，也就是清康熙十年，你在重建的便民仓的柱子上，题刻了一副对联："一粒悉属民膏，观千仓万箱当惜辛勤物力；五斗漫叨国俸，念三农九府敢谕清白臣心。"

或许正是你将此联当作了为官做事的一面镜子，所以，才会让你在离任赴京时，有这么深怀愧意的叹息。而且，是长长的三声叹息。

莫大勋，你在嘉善七年，你的作为，你的惠政，嘉善的百姓记着，嘉善的百姓纪念着。

清康熙年间，你的名字就被列入了本邑的名宦祠，你的名字还和明治水参议喻良、知府杨继宗、巡按庞尚鹏等一众有益于西塘百姓

莫大勋，字鲁岩，宜兴人。清代官员。顺治十八年（1661）进士，康熙八年至十五年（1669—1676）任嘉善县令。在任期间，以清丈田地，均赋平役，创"官收官兑法"，上嘉之为通省之例，下德之利百姓之甚。后考选擢升为给事中。

的官宦合祠，称四贤祠。一直到嘉庆和光绪年间，又几度重修了莫公祠。

你啊，莫大勋。光绪十七年（1891），重修莫公祠时的县令江峰青撰有一楹帖，倒是非常概括地说出了你在嘉善的德行和作为："挽运拯民艰，六议永垂，功在苍生宜食报；服官依旧治，九原可作，吾微随武更谁归。"

你的德行，就是"清介之守，始终不易"。你的作为，就是"清丈田地，厘剔赋役"。

你啊，以你的清贫狷介，以你的坚持惠政，书写了一颗清白臣心。即使是在离任之时，你依然"以虚粮未尽去、荡粮未尽清"而叹息不已。

多少年以后，莫公祠已不知所踪，四贤祠也只留下做了一条街巷名称。莫大勋啊，我们是不是还需要如祭祖敬神一般地去纪念、去颂扬你……

叶燮：有古君子之风的中道之士

叶燮的人生舞台是自己创造的。

叶燮是和清献公陆稼书同时被弹劾、被贬谪的。那年，应该是康熙三十年（1691）。

叶燮（1627—1703），字星期，号独岩，又号已畦。吴江人，寄籍嘉善。清代官员、学者、诗论家。康熙九年（1670）进士，博学，工诗文。曾任宝应县令，有政声。著有《已畦诗文集》22卷、残1卷，《江南星野辨》1卷。

叶燮是在宝应县令的任上，因为伉直而不容于上官。

叶燮将与陆稼书一起被劾视为荣耀。陆稼书是谁？那是被誉为“清代廉吏第一”的人物。所以，叶燮的欣喜之情堪比获得升迁。志传云其忻然曰：“吾与廉吏并登白简，荣于迁除矣。”所谓“白简”，便是弹劾官员的奏章。

被弹劾落职而归乡，叶燮随即便成为放松身心、自由闲散的人物。

早年，叶燮曾与一个叫汪琬的

先生,在吴县横山因持论相背,各执己见,且互相诋毁。不想,汪先生竟英年早逝。叶燮便将当年批判、诋毁的文章一一理出,并悉数焚之祭之,时人皆誉此举乃有古君子之风。

自诩为“横山先生”的中道之举,自然不会仅限于此。

叶燮对自己的所学充满自信。所以,敢凭一己之力,以《原诗》内、外两篇而立天下诗学之风。

特别是独树一帜地批判了时下论诗多宗宋代范成大、陆游的风尚,让诗学归依中道、传统。

“我宁不合时宜与世柄凿,毋随俗波靡为楚三闾詹尹所笑。”这是叶燮在《陆大令传》中所记的传主之言,倒也挺适合用来表达他自己的处世之道。

挺然特立,不肯与世俯仰。这便是叶燮。

曹鉴伦：矢公矢慎的清介大学士

你在朝三十多年，凭持着公正与谨慎，凭持着博学与才识，慧眼识人，让康熙朝的金銮殿上，站立了一批又一批的俊才能人。

千里马常有，而伯乐不常有。让千里马能够驰骋、奔跑，才会有万马奔腾、滚滚红尘的壮观，才会有只争朝夕、一日千里的繁华。

康乾盛世的荣耀，有你呕心沥血的操持，有你积劳成疾的辛苦。让漫长了两千多年的东方封建大国，闪现了非常绚丽灿烂的光彩。

你是在任上病逝的，你是在康熙皇帝最不舍的时候离世的。

你的生命仅六十有三，你以勤恳而又务实的作为，以清介又有原

曹鉴伦（1649—1711），字彝士，号蓼怀。嘉善魏塘人。清代官员。康熙十四年（1675）举人，十八年进士，典试山东，主考北闱，任内阁学士，晋兵部侍郎，升吏部左侍郎。

则的作风，成为康熙朝中的前辈典范、老臣表率。

因此，你在生前就有了御赐“锡类堂”书斋匾额之宠，你在身后又得“西村有叟入城去”的御诗加持，还赐葬祭祀，并获御制祭文，云：“名垂信史，聿昭不朽之荣。”

锡类恩霑殇后身，松楸交映石麒麟。
未知绳武今何似，惭愧青衫拜墓人。

三十年以后，你的后人，自诩慈山居士的曹庭栋到你墓前祭拜，有着这样的些许感叹。

曹氏家族自明末天启年间“德尊望重”的曹勋，至你的在朝三十几年，成就了盛极荣极的社会地位。而在这个家族几十上百年的荣耀与光彩之中，最有分量的是你用毕生的勤劳来书写的这样四个字：矢公矢慎。

你啊，便是一个立心为公、慎终若始的清介大学士，一个学富五车、饱读诗书的信义老学究。

广缘：一座石桥的缘分竟能照拂世间几百年

一座桥，和一个篾匠结缘。

一座石桥，让一个僧人苦行募捐十余年。

这个篾匠姓朱，家住西塘北栅。

这个苦行僧也姓朱，原来做篾匠，后来出家做了和尚。

篾匠变成和尚，出家苦行就为建桥。而且，是要建造一座大石桥。

那桥的名字真大气，叫卧龙桥。

朱篾匠家就在桥西堍。朱篾匠在做竹器竹篾的时候，卧龙桥就是几根木梁上搭几块木板，无石梁，甚简陋。

朱篾匠之所以出家为僧，是要行善举。朱篾匠出家就成为和尚广缘。

广缘和尚（？—1719），俗姓朱，字公传，号新传，西塘镇人。家住北栅卧龙桥西堍，篾匠。为募建石桥，投永寿庵为僧，法名广缘。以铁链穿肩，苦行十余年，募集银两三千余。造桥三年，劳疾而病亡。众人深为其虔诚所感动，踊跃捐助而桥成。

广缘和尚行尽千万苦，募告千万家，奔走十余年，终得银两三千。

因为他不想再在雨天看见有人在桥上滑跌溺水。

因为他不愿再见孕妇堕河后一尸两命。

广缘和尚要用十余年募得的三千多两银来造桥了。

动工的年份是康熙五十五年（1716），竣工的年份一直拖到了三年以后。条石运来了，而造桥的工程因广缘病故已经停息好几个月了。石户大惊，前几日广缘和尚还登门催运条石的，并托寄了一只布鞋作为信物。

或许，故事的细节有神化的痕迹。但是，故事本身的发展却是很让人感慨的。

石户取出信物来，不想竟一触成灰。石户深为广缘和尚的虔诚所感动，自愿捐助了条石。远近乡里听闻此事，都踊跃捐助，不数月而桥成。

一座桥的缘分，一个篾匠、一个和尚的善举，就是一个故事、一个传说，已经流传了几百年。

许从龙：将心中之佛画成了少有的艺术奇葩

“飘零委何处,乃落匡庐山。”唐人白居易《庐山桂》中的这两句诗，仿佛是在印证着近千年后许从龙《五百罗汉图》的宿命。

被庐山栖贤寺列为镇寺八宝之一的《五百罗汉图》，是在清康熙五十一年（1712）四月初七运抵寺内的，共计二百幅。

南昌人万承仓《栖贤寺罗汉图记》云：“图幅广五尺，长一丈四尺有奇，法像大者高三四尺，小者可尺许，或援笔立成，或旬日乃写一像，毛发纤悉皆具，行坐笑语，杂出于山海、木石、鱼龙、鸟兽之间。变化无方，而端严清净之心穆乎可想。”

许从龙（约1642—1724），字佐王，号虎头。清代画家，善画山水花鸟，尤工仙释神，不资粉本，自成一家。康熙五十一年（1712），画就并供奉于庐山栖贤寺的《五百罗汉图》，是中国绘画艺术中罕见的奇葩，影响深远。原作共200幅，现存113幅，为国家一级文物珍品。

许从龙是一个画家，《五百罗汉图》的创作，让他成为空前绝后的佛教题材绘画的巨匠。“每幅两三人，或三四人，趺坐者、肩行者、虬髯突睛者、低眉入定者、踏螺蟹涉波涛者、乘云雾履山涧者，身披衲衣，耳缀大环，或赤足，或草履，或头陀戴金刚圈。山林之岑寂，海涛之汩没，花树木石之奇诡，鱼龙鸟兽之变幻，殊形异状，难以缕述。”（吴名凤《观栖贤寺罗汉图记》）画面上的人物都是如许的生动形象、如许的姿态万千。

许从龙是一个将心中之佛付诸绘画的贤人，《五百罗汉图》的佛教题材内容和艺术创作表达，是中国佛教艺术史和中国美术绘画史上少有的艺术杰作，影响深远。

康有为有诗云：“图写罗汉二百幅，变幻雄奇似贯休。如如不动镇庐阜，千古同传许虎头。”

如果将中国绘画史上擅长人物题材的画家排列一个表格的话，许从龙肯定是有位置的。而且，是一位名垂千秋的艺术大家。

钱以垲：一生勤勉书写着的就是维恭维慎

“勋名彪炳，卓越等伦。”

这是嘉善县志上给予袁黄、柯耸、钱以垲等一众名宦的评价，不可谓不崇高，不可谓不光彩。

康熙二十六年（1687）的进士钱以垲，在朝为官四十多年。

县志上的传略文字不多，但可以读出钱以垲一生维恭维慎、勤勉清廉的品行与作为。

钱以垲任职茂名县令时，还兼理了东莞，而且在两县的治理被评价为“俱有惠政”。

钱以垲因卓异而迁升为隰州牧，又因勤劳而内升工部员外郎，再因矢公矢慎，一路掌刑科、历京兆、转少詹，跻身清华之列，志上

钱以垲（?—1732），字阆行，号蔗山，谥号恭恪。嘉善魏塘人。清代官员。康熙二十六年（1687）进士，授茂名县令，升隰州知府，后历任工部员外郎、礼部侍郎、礼部尚书，致仕时加宫保。

评之为“异数也”，那是少有的特别的际遇。

钱以垲被擢升任职掌管督察、弹劾官吏的副御史，为朝廷澄清吏治。

钱以垲升礼部侍郎，又任尚书，夙夜寅清，为康熙一朝的兴盛与繁荣殚精竭虑。

终于，钱以垲积劳成疾，乞休归乡。

终于，钱以垲致仕刚满一年后，在家因病而卒，年七十有一。

在志传所罗列的每一个阶段，钱以垲都展示出了其少有的卓异才干，更能见到其始终坚守的恭敬与谨慎。

钱以垲，一生勤勉，矢公矢慎，很难说有怎样的轰轰烈烈，也很难说是如何壮怀激越。但是，还真的是康熙一朝难得一遇的能臣廉吏。

正是拥有着像钱以垲这样勤勉有加、才情卓越的一批朝臣，大清帝国才会有如期而至的康乾盛世。

蔡以台：一抹晚霞映照着古镇的绚丽黄昏

你，其实就是一个学究，一个老童生。

你以冠绝天下的才情与聪慧，在三十五岁那年成为乾隆二十二年（1757）的科考状元，成了古镇枫泾的千年荣光，像一抹绚丽灿烂的晚霞，将美丽如诗如画的江南水乡小镇映照着，从古至今。

透过状元坊的那一缕霞彩余晖，我们可以读到清丽绝俗的诗词，气骨奇高的文章。

或许是生逢历史上所谓的康乾盛世，一个满腹经纶、学识渊博的翰林院修撰，一生的作为，便少了些跌宕起伏，少了些悲怆惨烈。但作为一个至诚至孝的人物，蔡以

蔡以台（1727—1780？），字季实，号兰圃。枫泾人。清代官员。乾隆二十二年（1757）状元，历任翰林院修撰、日讲起居注官。有《姓氏窃略》6卷《三友斋遗稿》存世。

台以其极致的孝行和善举，在乡里影响深远。

县志的传记中，是这样记写蔡以台的孝行的："以亲老乞养归。"为奉伺年老的母亲，蔡以台放弃了仕途前程，辞官归乡。后来，老母亡故，蔡以台竟然是"居丧哀毁致疾，卒"。因悲伤过度而伤身致死。

在嘉善历史上，因极度哀伤而殉孝的代表人物，应首推明御史魏大中长子魏学洢，那是感天动地的哀孝。

蔡以台的"哀毁致疾"，最后竟然亦以"卒"而尽孝，同样感人至深。

站在蔡以台的读书楼"三友斋"前，看着那两株名木古树，蜡梅与金桂，脑海里闪过的是这样的一种想法，或许可以将蔡以台看作一个标志，一个象征。

明清两朝历代，崇德尚学，耕读传家，那是一种风气，一种习惯。用康熙年间陆陇其的话说，便是："世上几百年旧家无非积德，天下第一等好事只是读书。"

那么，蔡以台的名字上，就附着了这样一种沿袭至今的文化传统。而且，依然绵延不断……

曹庭栋：把一个孝字写到了极致

曹庭栋是一个文人，杜门著述四十余年，成书十余种。其中《宋百家诗存》二十八卷，有论者称其足补《宋诗钞》之阙；《老老恒言》五卷，被后人奉为养生学经典大著。

曹庭栋（1699—1785），字楷人，号六圃，又号慈山居士，嘉善魏塘人。清学者、书画家、养生学家。有《产鹤亭诗集》《老老恒言》5卷等存世。

曹庭栋是一个孝子，而且是将一个孝字写到了极致的人物。

曹庭栋是生活在清代乾隆年间的贡生，诗书画兼工俱长，志称时为“邑中领袖”。

嘉善城内原来被誉之为山的，有在南城门内、三官堂桥北的瓶山，在学宫孔庙后面的巘山和位于现今嘉善一中校园内的慈山。

明清时期，江南的名门大家往往都会构建深宅大院，且修亭筑阁、植木竖石。庭院深深深几许，便成就了江南家族文化的标志。慈山之所在，原是明万历年间状元郎钱士升家的息园，在清朝的乾隆年间归属了曹庭栋。恰逢老母七十寿辰，曹庭栋就在园内掘土成池，名曰“慈湖”。湖畔筑屋，名曰“慈庐”。又垒土为山，名曰“慈山”。山顶还修建一个凉亭，名曰“产鹤亭”。时至今日，慈庐已废，慈山和凉亭还在。漫步池旁，或登顶亭内，或许依然还能感受“慈山居士”曹庭栋当年沐慈尽孝的那份温暖和快乐。

曹庭栋在垒山筑楼修亭以后，最让人称道的便是“日惟板舆奉亲以为乐”。每日都非常快乐地用轮椅推着老母在园内憩息、游玩。这是怎样的一种快乐，这是怎样的一份孝心。

曹庭栋的生活，便是这样的一种满足、一种舒适。而这种生活日常的背后，我们能够让一个字，显现得愈加清晰、愈加高大。这就是一个“孝”字，让孝成为生活的日常。

“闲开曲径堪栽菊，静敞明窗好看书。”满怀孝心的曹庭栋，日复一日，过得就是这样悠然自得。

谢墉：帝师一生为国为君选拔栋梁之材

谢墉（1719—1795），字昆城，号金圃。枫泾镇人。清官员、学者。清乾隆十六年（1751）南巡召试，钦赐举人。十七年进士，改翰林，命在尚书房行走。历官吏部左侍郎、礼部左侍郎等。年七十七卒。嘉庆五年（1800），以师父、旧臣，追赠三品京堂衔，并予祭葬。著有《书学正说》《听钟山房集》等。

一代帝师，除学富五车之外，还须拥有什么？

生活在大清乾隆时代的谢墉，凭借其“条贯经文，旁通百氏”的学识，与乾隆帝亦师亦友地交往了三四十年。

谢墉是皇太子永琰，也就是嘉庆帝的师父。

谢墉留在史料里的记录，或者说其可为后人称道的，倒是在乾隆时期的那些作为。

最让世人称道的，是谢墉在朝为官后曾九次被乾隆委派主持乡试、会试，甚至是殿试，在京师，在江南，或是同考，或是主考。可以毫不夸张地说，帝师谢墉的一生，都在为国为君选拔人才，选拔堪称栋梁的治国理政才俊。一时间，科举考生以出于谢氏门下而荣，且传为盛事美谈。

而能见得一代帝师的风骨与情怀的，也能看得见谢墉对乾隆帝的影响的，应该是在乾隆四十年（1775）发生的一件事。

那已经是在大明王朝覆灭了一百多年以后，乾隆下诏颁布了《钦定胜朝殉节诸臣录》，将大明一朝的殉节诸臣，特别是明惠帝建文靖难和晚明殉节的人物，包括史可法、夏完淳、刘宗周、徐石麒等一众抗清的忠臣义士"一体旌谥"。而将降清的洪承畴等，统统归入了《贰臣传》。乾隆的这一举动，历史的解释是其念明季殉节诸臣各为其主，义烈可嘉。而作为提议并促成此事的谢墉等人，希冀的却是"褒阐忠良，风示未来"。

站在千年古镇枫泾启秀堂前，想象着二百多年前的那个身量矮小，却精神矍铄的老者，满腹经纶的样子，仿佛依旧在考选人才、倡议风尚……

万相宾：一个在任上病卒的清知县

你的身影在嘉善停留了五年。

后来，就永远地停留了下来，停在了嘉善各地兴建的万公祠，停在了入祀历朝历代有益于嘉善官宦的名宦祠。

可以显影的你，首先出现的位置在县前大街。你正和一群募资捐修街道的僧侣一起，以平石换拳石，让崎岖之途变成平坦大道。

你的身影再次显现的位置，是在石井塘坝上，是在伍子塘坝上，是在长春塘坝上。因为时多水患，所以，你会一年、两年、三年，先筑东片圩岸，再修西片圩堤。你说："旱涝皆当虑，循行未敢安。"而百姓则传言："万邑侯重修三坝。"

万相宾（1752—1800），字观亭，江西德化人，举人出身。清代官员。嘉庆元年（1796）补为嘉善知县，任职五年，重视水利建设，修圩筑坝，颇有政绩。因"卓异"而被皇上召见，并将其调知山阴（绍兴），他却因病而卒，年仅四十九。

而你的身影成像最清晰、最恒久的地方，是在被后世称为“万志”的嘉庆《嘉善县志》中。你主持增修的这一部嘉庆县志，最宝贵的是，整理记载了嘉善置县以后历代重粮赔亏的资料。就凭这一份史料，你的那份怜民、爱民之情，就足可以让乡里民间称颂赞美。

当然，值得你的子民记取和赞颂的，还有你一尘不染的廉洁、一刻不歇的勤勉。你啊，是以鞠躬尽瘁的“卓异”，在嘉善这片水乡大地上书写了后世的千秋记忆。

如果可以，你的雕像应该矗立在县前广场，让人们永远敬仰。

钱樾：把吴镇的草书《心经》带回来了

那一年，那一个瘦小老儿的身影，从京城朝堂离开，兴冲冲赶往了江南，赶往风和日丽的江南老家。

那小老儿姓钱名樾，是江南名门大族嘉善钱氏的后人。

小老儿在朝为官四十余年，终于要落叶归根了。仿佛是怀揣着陶渊明“归去来兮”的意趣，归途之中的小老儿，始终有一种按捺不住的兴喜之情，漾溢在已是饱经风霜的脸上。其实，小老儿钱樾自幼随父离开家乡以后，只在老母过世的时候回过一次老家。

在小老儿的随身行襄之中，裹着两件宝贝：一件是乾隆帝赏赐的龙尾石砚，另一件是成亲王赠予

钱樾（1743—1815），字抚棠，号黼堂。嘉善魏塘人。清代官员、学者、书法家。乾隆三十七年（1772）进士，选为庶吉士，授内阁学士，历官礼部、吏部、户部左侍郎、右侍郎，翰林院编修，鸿胪寺少卿，大理寺少卿，尚书房行走等。为官四十余年，凡民间利病，均知无不言。书法喜作擘窠大字。

的元季画家吴镇草书《心经》。

所以，荣归了故里的钱樾，不再过问地方政务，也不去拜访地方官员，而是修身养性，享受着颐养天年的快乐与幸福。

终于回到了老家的钱樾，将破旧的老宅精心收拾整修了一番。把家中的中厅大堂，恭恭敬敬地翻建成了名为“传砚”的中堂，张扬了乾隆帝赐砚的恩泽。让家乡的官吏、豪门、文人、墨客等都前来观瞻，遂成就了传誉一时的文坛盛事。

终于回到了老家的钱樾，将梅花道人吴镇仅存于世的草书长卷《心经》勒石摹写，使自己于四百多年以后，和梅花道人重结墨缘：“广此意，摹泐上石，置之梅花庵中，更与道人结一重翰墨缘也。”

小老儿以其自觉的一个行为，为嘉善的文化历史书写了魅力永恒的光彩一页。

如果说，原刻于明、重刻于清的《八竹碑》的存在，让每一个走进梅花庵的人能够看得到吴镇墨竹的灵动与飘逸，那么，钱樾摹刻的草书《心经》，展现给每一个膜拜与仰望者的是吴镇书法的洒脱与惬意。而这样的一份意趣和韵味，也正是时至今日走进梅花庵、走近吴镇墓，依然让我们久久不能释怀的。

再一次站立于草书《心经》的石刻前，想象着小老儿钱樾已经过往了两百多年的那份满足与欣慰，就如沐春日阳光、拂秋日清风，还能再祈求什么呢……

黄安涛：终究还是书生意气风发

有时候，用别一样的手段和方法，也会获得别一样的意外。

你就是以书生的姿态，走去官衙场所的。而你的治理，更多的是源自一种自信，源自一份职责。

当你将数以千计的讼狱，在限期之内一一公开、公正审理的时候，你便成为百姓心中的那杆秤。

当你用自己的善良和怜悯，不再姑息养奸，不再枉杀代抵，真正惩凶办恶，你就赢得了民心和名声。

岭南的深山里，岭南的大海边，你以意气风发的书生作为，将江南水乡的那种轻柔、那种执着，书写成了一份色彩斑斓的水墨大写意。

岭南，江南，或许就如鸳如鸯

黄安涛（1777—1847），字宁舆，号霁青。清代官员、学者。嘉庆十四年（1809）传胪，授翰林院编修。典贵州学政，先后知江西广信、广东高州和潮州，署广东惠潮嘉道。因"督捕疏懈"而被议政任，不久罢归。日与友诗酒往来，并主鸳湖书院讲席。卒年七十一。著作甚丰，有《真有益斋诗文集》10卷、《息耕草堂诗集》18卷、《说经中义》100卷及《岭南从政录》等。

一样，始终是你心中的山水和色彩，或浓艳，或淡雅。

在你踏进岭南的时候，你的身上附着的是江南的灵秀与柔韧。你是去做一地的父母官的。

当你回归江南的时候，你的身上增添了岭南的劲直与幽峭。你是被议改任而罢官回归故里了。

走去他乡，你是一介书生；辞官归里，你仍然是一介书生。归乡的你啊，将与诸文士诗酒往还的故事，写成了生命的终极篇章。

钟文烝：有一种读书叫“引经据典”

倘若可以，我想把钟文烝当作一个象征。

有这样的一种态度，或许会让人敬佩。

钟文烝的读书，就是将索引论证做到了极致。这是一种做学问的态度，更是一种做学问的精神。

一部《春秋谷梁经传补注》，让钟文烝成为大清一代注解《谷梁传》的名家。

钟文烝是在绝意仕途以后，潜心于做学问的。很难想象，如果少负异禀的钟文烝，在道光年间登仕为官了的话，是不是就会让我们失去了一个治经的学问大家？

钟文烝的经学之治，沉潜反

钟文烝（1818—1877），字殿才，号子勤，嘉善魏塘人。清代学者。道光二十六年（1846）举人。崇尚经学，尤究心《春秋》，著有《春秋谷梁经传补注》，被誉为清代《谷梁传》最好的注解范本。

复有二十多年，专注于《春秋》的研究。对《春秋》“三传”，尤重于《谷梁传》的研究。因为，在钟文烝的眼里，只有“谷梁子独得麟经遗意”。

《谷梁传》是最能合孔子著《春秋》之原意的，所以，也就成了钟文烝披肝沥胆究心于斯的事业。他在写给当时的经学大家俞樾的书札中，将自己是如何引经据典、索引考证的，一一做了说明：

“于范注载全，杨疏撷要，而指其违谬。于坠文佚注，则从他籍弋获。于二传、《国语》《管》《晏》《史记》，则举其可相补，辨其大相乖刺者。于群经及唐以前诸书，苟相出入，必备援证。于董、何、贾、服、韦、杜诸说及徐、孔二疏，与啖赵以来百余家，一字可用，亦必摘采。”（孔子著《春秋》，左丘明、谷梁赤、公羊高三家注释，称“《春秋》三传”。晋范宁、唐杨士勋曾先后为《谷梁传》做注，董、何等历代对《谷梁传》有注、有疏者百家有余。）

什么才算是做学问？这样便是在做学问。

怎样才可能有成就？如此便会成名成家。

金安清：大漠的风沙掩埋了前路茫茫

金安清的故事，和一个英雄的名字联在一起。

无论是正史，还是野史，林则徐奉旨赴虎门销烟，金安清便是心腹随从，是得力助手。

二十多年前，曾有机会到过一趟虎门。销烟纪念广场中央，有一双巨手折断烟枪的雕塑矗立，挺震撼。所以，印象深刻。想来，现如今也应该还在的吧。

钦差大臣林则徐在虎门海滩上当众销毁近两万箱鸦片烟土，是在清道光十九年四月二十二日（1839年6月3日）。虎门销烟的壮举，让林则徐的名字，永远镌刻在中华民族不畏强权、抵御外辱的英

金安清（约1817—1880），原名国琛，字眉生，号傥斋，晚号六幸翁。嘉善魏塘人。清官员。历任江苏泰州州同、湖北督粮道、盐运使、按察使。有《水窗春呓》等著作存世。

雄纪念碑上。

“大漠孤烟直,长河落日圆。”虎门销烟大长了民族气节,也激怒了外国列强,成为第一次鸦片战争的导火线。战争爆发不久,林则徐便被构陷革职,发配新疆伊犁戍边。

从历史的角度看,林则徐的发配戍边,已经写就了英雄的全部悲壮。

想象一下,在西部边疆一望无际的戈壁沙漠,一乘小车,三五个衙役、仆从,血色残阳,大漠孤烟,来路逶迤,前路茫茫……其实,林则徐也罢,金安清也罢,人生的精彩就已经全都凝聚在了这样的悲壮之中。

林则徐、金安清他们这一众人马,行走在这大漠之中。风沙已经掩埋了他们的前路,就像行将谢幕的大清王朝一样,前面是如茫茫沙漠一般,再也寻看不到出路了。

当然,金安清的故事还没有结束。直至今日,我们还会去评论花园弄金家小洋楼的精致,叙说当年金安清构筑偶园的传奇。

忽然发现,金安清偶园的门联写得真正好极:“只可自怡悦,不知云去来。”该是何等放达,何等洒脱啊……

钱宝廉：难得历事四朝的一个能臣

你的身影，在大清的朝堂之上行走了三十年。

你“历事四朝，未尝一罣吏议”。从道光、咸丰、同治，到光绪，你先后历事四朝，所办事项无一遭人非议，实属难得。

钱宝廉，原名宝衡，字平甫，号湘吟。嘉善魏塘人。清代官员。道光三十年（1850）进士，官至吏部右侍郎。年五十八卒于官。

你奏禁了当时在杭嘉湖三地盛行的火葬风俗，让死者入土为安，来自尘土又归于尘土。

你曾两度执掌刑部，上承圣意，下悯民心，恪尽职守，无枉无纵。

你曾迭掌文衡，先后总裁礼部试者一，典省试者三，督学政者二，分校乡、会试者各一。凡是朝殿考试阅卷，你无不谨慎、细心。所以，始终让人称赞不已。

而你最让人赞叹的是，你为“嵌田赔亏”一案的尽心尽力，奔走呼号。

自明宣德五年(1430)嘉善建县以后，繁重的粮赋一直是嘉善的负担。而嵌田摊赔便是嘉善重赋的主要因素。你集合了邑中士大夫、耆老一起具牍奏免，终于让合明清两朝三百余年的积困，在光绪五年(1866)苏于一旦。当年豁免银三千九百六十九两，米粮三千二百五十石，全县上下一片欢庆。

你是一个难得的能臣干吏，历事四朝，在朝堂之上行走了几十年。几百年以后，我们在县志的记载文字中，能读到的最翔实的记载，便是你为“嵌田赔亏”一案而上下奔走的曾经。

或许，真正让后世称赞的，应该就是你的这一份悯民之情。

江峰青：一位风雅知县的千秋功业

江峰青的名字，自清光绪二十年（1894）开始，就不单是一个知县的名字了，已经成为嘉善历史文化的一个符号。

清光绪二十年夏六月，嘉善建县以来的第八部县志正式编纂成稿，史称《光绪县志》，又因是知县江峰青领衔主修，所以又称《江志》。当有风雅县令之称的江峰青，终于在灯下提笔撰写完县志的序文，嘉善历史上史料最丰富、体例最完备的一部良志，一项名垂千秋的文化建设工程，在一群敬恭桑梓的老学究手上正式完竣。

既然有风雅之名，定当有风雅之举。江峰青能诗善画，笔墨超逸，

江峰青（约1865—1933），字湘岚，号襄楠，安徽婺源人。清代官员。光绪十二年（1886）弱冠登科，后分别于光绪十七年、十九年两次任职嘉善。累官江西道员、大学士，江西省审判厅丞、一品封典授荣禄大夫。辛亥年后居家奉母，被公举为安徽省议会议员。

尤擅制联。

“君身自有仙骨，几生修到梅花。”这是江峰青题写在梅花道人吴镇祠的楹联，写尽了吴镇的隐逸真趣、脱俗超凡。

“我以公余询疾苦，君将仁术起疮痍。”这是江峰青为创建的施医局所写的，透露着的是一任父母官的怜民之心。

作为一县之长，江峰青先后两次任职嘉善，有九年之久，开明，风雅，政绩斐然。“官尽一分心，民受一分富。”这是江峰青的为官之道，也是他的勤政理想。

因为聚赌会“逋逃此为薮，盗贼此为窝”，所以，反对“烟寮林立，茶馆遍设，丧宴作乐”。

因为忧虑“稻畦变河荡，桑田生波涛”，所以，苦口相劝“旧窑勿复添，废窑勿再举……慎勿铲地皮，留以种禾黍”。

“桑梓太多情，殷勤祝我长生，恐月妒风嗔，难访崆峒窥秘笈；园林时在念，知否故人无恙，每诗余酒后，梦为蝴蝶绕桃花。”

细读这一副长联，哪里还有一分为官之气息，分明就是一腔风雅文人的模样。据说这是江峰青自题于邑人为他所建的生祠之上的，倒真的是风雅有致、意趣无穷。

江峰青啊，还真的是一个难得的书生县令、才子江郎。

周斌：一百五十首竹枝词吟唱柳溪

“渔鼓画桥杨柳外，酒旗茅店杏花前。”这是元代诗人杨维桢吟咏柳溪陶庄的诗句，这样唯美，这样春意盎然。而你的吟咏正是由此开篇，说风物，谈故事，直把八百年古镇陶庄的风雅、俚俗，一一铺陈，细细展现。

那是一份丰厚的地方文献资料，既补充了志乘之不详，又增添了野史之虚妄，考俚俗之趣闻，究风土之雅谈。

那是一份别样的地方风情记录，有春雨之温润，又见秋风之凉爽，堪比《诗经》风骚，聊付牧童渔子、击节而歌咏。

此刻，我正静坐在初春的廊檐

周斌（1876—1933），字志颐、芷畦，号汾南渔隐。清光绪二十一年（1895）贡生。诗人，南社社员。著有《柳溪竹枝词》《燕游草》《柳溪诗征》等。

下，翻读着你那些可以吟唱可以朗诵的诗词，就仿佛是跟随着你当年采风的脚步，在柳溪之畔的村舍人家、田间地头穿梭行走。

究竟是怎样的一种情怀，让你埋头于乡间村野去摘芳、去搜秘？

究竟是怎样的一份执着，让你潜心于故土乡里的追古述怀、吟风赓唱？

将家乡的名胜、风物、掌故和逸闻异趣，用可以吟唱的竹枝诗词，铺陈、排列并展示，使之成为一份不朽的文化遗产。

你，周斌，就是做了这样一件事的那个人。因为撰写了《柳溪竹枝词》一百五十首，所以你将会是一个永远让后世称颂的人。

钟稻荪：在钟介福堂里书写仁义传奇

“宁药架满尘，愿天下无病。”

相传，这是西塘钟介福堂门口曾经的楹联。或许，在各地的药房门口，我们也能见到这样意思平实明白、语句对仗工整的楹联。但对钟稻荪来说，这样的楹联，真的是他行医一生的祈愿和希望，更是他悬壶济世、普度众生的理想和精神。

“报以介福，万寿无疆。”这是出自《诗经》的句子。西塘名医钟稻荪正是以其妙手回春的医术，以其精研神奇的药效，书写了自清末到民国时期钟介福堂的传奇。

每年的隆冬时节，钟稻荪的身影会在无锡出现。他要去装载用来熬制滋补佳品驴皮胶的水，是清冽

钟稻荪（1856—1937），名尔镛，字稻荪、道生，西塘镇人。清光绪四年（1878）秀才。清末民初名医，精外科，兼擅内科。经营钟介福堂，以自产薄片驴皮胶、夏令八珍糕和冬令滋补膏药而有盛名。

如许的无锡惠泉的泉水。

每年的初夏时节，钟介福堂的门前屋后，每天都会拥挤着各色人等，士绅、农夫，老妪、壮汉，本乡四邻走来的，外地专程雇船摇来的，都是来购置专治小儿疰夏的钟介福八珍糕。

医者仁心，仁者无疆。作为一代名医圣手，钟稻荪于医术则是好学不已，于药剂则是精益求精。

如果可以，我想将仁义两字写下，写进关于钟稻荪的故事中。

再次走在西塘古镇的塘东街上，再次站在钟介福堂门前，虽然不会再见到这位须髯飘飘的长者，但是，应该还能读到门口的那副楹联，也应该能想象钟稻荪和他的伙计们曾经的忙碌……

朱循伯：将对家乡的满怀真情用钢轨在嘉禾大地铺展

每次看到横亘于嘉禾大地上的铁路钢轨，总会想起一个肥硕的背影，仿佛还在历经了百年的历史天幕上，彳亍、蹒跚。

作为一代商界精英人物，朱循伯组织成立了嘉善商会，并连续担任会长十二年。

作为一位社会贤达名流，朱循伯热心地方公益事务，创设戒烟会，创办典业学堂，任职救火会长，主办辅善堂，呕心沥血，鞠躬尽瘁，死而后已。

朱循伯的名字，因为沪杭铁路在嘉善境内横贯的修筑而不朽。

朱循伯的铜像，应该在嘉善铁路车站的广场上矗立。

朱循伯（1868—1919），名其镇，字少樵，号循伯、静皆、景庐，嘉善魏塘人。清光绪二十三年（1897）拔贡。嘉善商会创始人。一生中最有影响的活动，是争回商办沪杭铁路建设，并将始拟绕道平湖的铁路，改为直过嘉善。

如果将清末淞沪开埠作为中国近现代门户开放、经济社会发展与世界被动接轨的开始，那么沪杭铁路的修筑，应该是中国最富庶的江南大地，主动与世界的发展同步。

因为朱循伯的奔走与努力，嘉善成为这条钢铁动脉上的一个重要节点。1909 年，沪杭铁路的开通，让嘉善与上海、杭州，与世界实现了更快捷的交流、沟通。

从历史发展的角度判断，嘉善人是自此真正放眼世界，起步现代经济建设。

一个人的奋斗，可以改变一种社会发展形态，可以开创一种社会发展趋势，可以造福一方水土几十年、上百年，以至更久更远。

朱循伯的奋斗，是以钢与铁的铺展来书写的。而这已经百年的钢轨铁道，在续写朱循伯这一代乡贤情怀的时候，希冀的便是这一方土地的繁华与精彩，这一方土地上生活着的人们幸福与快乐。

钱能训：把孝字写在最前面的人

钱能训（1870—1924），字干臣，嘉善魏塘人。清光绪二十四年（1898）进士，授员外郎，先后任职监察御史、广西副主考、顺天府尹、陕西布政使、护理陕西巡抚。北洋时期任内务次长、内务总长、国务总理等。

如果用一个字来书写这个人，我首先想到的就是"孝"。

这是一个大人物，是北洋政府的总理大臣。所以，他的大青石墓碑顶上，雕刻着的是两条盘龙。

他的名字叫钱能训。

他是北洋政府的能臣干吏，更是钱氏家族的大孝子。

他将忠献给了国家。即使这个国家多么积贫积弱，多么动荡不堪，他自始至终都是在努力着，在奉献着的。1919年，巴黎和会上中国外交失败，日本窃取了山东半岛主权。担任国务总理大臣的他罢免了曹、陆、章三人后，毅然决然地引咎辞职。1921年华盛顿会议时，他组织后援会并任主席，坚定主张将山东无条件归还中国。

他把孝字书写在了最显眼、最重要的位置。近一百年以后，我们无论如何去评说当年盛况空前的钱母大出葬一事，对钱能训而言，再盛大的排场，再热闹的场面，即使是在民间成为一种传说，也都是他作为儿子一片孝心的表达。“头道道子已到张汇小桥港，末道道子还在东门青龙庄。”从县城西门福星庵，到东门青龙庄，向东沿六里长官塘，再到张汇小桥，水陆两路，从早到晚，1924年年初的钱母大葬，既彰显着死者身份的尊贵与荣耀，又张扬了钱氏子嗣的哀恸与孝悌。

而钱能训的丧母之哀，又是用一种近乎殉孝的意义来书写的。

仅仅过了半年，哀伤过度的他，竟然也随母而去了。荒台谁担菊花来。钱能训的棂柩也葬在了张汇小桥，葬在了老母亲身旁。志云：“能训事母至孝，母逝世后，因哀伤过度，病殁于北京寓所。”

小桥港岸边，钱氏祖茔高地，钱能训的墓依傍着老母亲的墓，静静而卧。

戴补斋：人的一生可做两件毫不相关的事情

人的一生，到底能做成几件事情？戴补斋说：两件。而且可以是毫不相关的两件事情。

戴氏作为窑乡曾经的望族世家，现如今在干窑，估计已经找寻不到原有的存在痕迹。对于戴补斋这样的乡绅先贤，好像也没有一丝一毫的纪念存在。

戴补斋（1864—1931），名耀，字补斋，干窑镇人。近代实业家，泰山砖瓦股份有限公司创始人。

翻阅县志的传略文字，发现戴补斋可真的是一个勇于求索、不断求新的人物，是一个值得让后人敬仰、让家乡纪念的人物。

如果时间可以倒流，我相信在当年没有今天这么宽畅、这么干净的窑乡老街小巷里，戴补斋的身影或许正在忙碌地穿行着。肯定是一身的真丝长衫，匆匆行走时轻柔地飘舞着。

那是戴补斋在做他一生中的第一件事情：募集资金，兴办一所让窑乡农家子弟既能识字断文，又会计数算账的新式小学。一个自幼勤奋诵读“四书”“五经”，却屡试不中的人，在清末废科举、兴新学的时候，戴补斋将兴办学校作为造福乡里的义举。而且，正正式式地创办了名为干窑北市小学堂的学校，并自任校长。那年是清宣统二年（1910），那年戴补斋四十六岁。

戴补斋再一次在街巷里忙碌地穿行，甚至在县城、上海各地急切地奔走，或仍然一身长衫马褂，或置换成了一身西装革履。那是戴补斋在做他一生中最重要的一件事情：筹建机制平瓦厂，创设泰山砖瓦股份有限公司。公司总部在上海，砖瓦生产基地仍在干窑。那年已是民国九年（1920），戴补斋五十六岁。

出身于窑业世家的戴补斋，在年近花甲之时，辞去小学校长职务，毅然投身进了“实业救国”的实践和创业之中，筚路蓝缕，玉汝于成，为窑乡开新局、创新业。干窑，随着众多窑户业主的仿效，砖瓦窑业奠基了嘉善近代工业的发展。

冬日的阳光温暖，冬日的街上有车来车往。窑乡干窑小镇，也已经是高楼林立的现代新城了。

走在干窑的街上，我想象着会不会在某一个转角，或者在某一个街心花园，可以看到有一个叫戴补斋的雕像，可以发现有一条叫戴补斋的街道。

真的，我真是这样想着的。

袁世钊：播撒火种的革命先驱

袁世钊（1901—1931），枫泾镇人。革命烈士。嘉善县第一个中国共产党员，第一个党支部（中共枫泾独立支部）书记。土地革命时期，在陈云同志领导下，先后组织发动了小蒸暴动、枫泾暴动、网埭暴动等。民国十九年（1930）初，由于叛徒出

这是一面大旗，一面如纛的大旗，火红火红，从树立的那天起，就一直照耀着这一片肥沃的土地。

袁世钊的名字，和一种先进的主义、一个伟大的党联系。

袁世钊的形象，和一种牺牲的精神、一个崇高的理想联系。

所以，袁世钊就是一个追求光明、勇敢奋斗的象征，就是一面实现理想、光耀千秋的旗帜。

黑漆漆的夜空，几颗星星闪耀。袁世钊的身影，在夜空下的大地上穿行。袁世钊的身后，是播撒在这一片肥沃土壤里的革命火种。

星星之火，可以燎原。革命的风暴从乡村到城镇，从田间地头到

卖被捕。次年2月13日被害于镇江北门。

街巷里弄，席卷、燃烧。组织农协，成立工会、商会，从“减租减息”活动到罢工、罢市斗争，再到开展武装暴动。袁世钊和他领导的这一批革命先驱，在江南水乡大地上镌刻下了小蒸暴动、枫泾暴动、网埭暴动……这一连串血与火的革命符号。

因为袁世钊，让先进的主义和牺牲的精神，早早地嵌入了我们脚下的这片土地。

因为袁世钊，让光明的追求与理想的实践，早早地浸润在了这一方土地上的人们心田。

一方水土哺育一方人，一方人耕耘一方热土。

袁世钊就是这一片江南沃土的精神象征、理想化身，也就是一面千秋万代都让这一片土地上的人们引以为光辉和荣耀的旗帜。

在这样一面火红大旗的指引下，我们有什么理由不只争朝夕、敬业争先呢！

戴大镕：被杀害于马鸣庵东的不屈灵魂

你是一名勇于抗敌的英雄。

你是一个不屈的英魂。

你的身躯在马鸣庵旁的荒草丛中倒下，你的灵魂和这古庵的名字一样，嘶鸣，不屈。

其实，你是一个书生。你应该身着长衫马褂，在三尺讲台前，和孩子们朗声诵读唐诗宋词。

而你竟昂扬起高贵的头颅，挺直了坚毅的胸膛，迎着抗日的烽火，返回沦陷了的家乡。

你是和你的妹妹一起返乡的，在投身敌后抗日的众多热血先贤前辈里，谱写了兄妹同赴国难的壮曲。

你被俘了，在日伪军突袭的那个凌晨，寒风冷冽。

戴大镕（1900—1940），字雪渔，干窑镇人。毕业于浙江省立第一师范学校，先后在天凝第四高小、干窑北市小学、县立初级中学和杭州大关小学、海宁安溪小学等任教任职。民国二十六年（1937）嘉善沦陷后，与妹戴谷音同返家乡参加敌后抗日，先后出任干窑区长、县政府路北办事处主任。1940年11月28日遭袭被俘，12月3日被害于西塘马鸣庵东。抗战胜利后，被追认为抗日烈士，并在干窑姚浜建树了纪念碑。

你是以县抗日政府路北办事处主任的身份被俘的。你被捆缚在日伪军的小火轮上，在路北的河港中，在天凝、西塘和魏塘的市河里，巡游示众。

因为你的宁死不屈，因为你的大义凛然，你在被严刑拷打后，惨死在了马鸣庵东的荒地上。

马鸣庵的踪迹早已经不存，马鸣漾还在。或许，水波荡漾的风声，依然如你不屈之魂的救亡呼喊与抗争……

夏荷生：那一曲绕梁不绝的高亢之声日显苍凉

夏荷生的世界，是让人痴迷无限的吟唱，是叫人欲罢不能的演说。

这样的世界被称为评弹，被称之为艺术。

夏荷生，就是为评弹艺术而生的人。

夏荷生，是20世纪30年代名震江南的弹词大“响档”，因为一曲《描金凤》而被尊称为“描王”。

夏荷生（1899—1946），嘉善魏塘人。评弹艺术家。善说《描金凤》《三笑》《双金锭》三书，尤以钻研《描金凤》最见功夫，有江南“描王”之誉。

夏荷生天生一副天籁嗓音，在小小的书场里，能说、唱、弹，会噱、念、演，一生善说《描金凤》《三笑》《双金锭》三书。

如果可以穿越，在上海老城隍庙东方书场，在苏州的评弹会书现场，一身玄色长衫的夏荷生，手持弹拨的三弦，正在演绎着他最让人迷醉的“描王”风采。

那高亢之声，若穿云裂帛；那低沉之音，似泣诉回肠。

如许的说表层次分明，如许的吟唱缠绵飘逸，现如今还能再见得着何人，还会再看得到有谁？

或许，那苍郁如松的腔，那绕梁不绝的调，真的是已成了绝响。

已有近百年的“夏调”，曾经的风靡，对今天的我们来说，除了痴痴的迷，那就只剩下细细的品了。

记着，那是曾经的江南“描王”。

孙仲蔚：呕心沥血为中国铁路交通事业发展

在孙仲蔚的生平事迹表上，第一点是铁路机车制造图纸的设计，第二点是铁路交通技术标准和规章的制定。

孙仲蔚是芦汉铁路长辛店机车车辆厂的工程师、厂长，时间是在民国三年（1914）孙仲蔚留洋学成归来后。孙仲蔚以自己的所学，设计各种图纸，建起了轧钢车间、铸造车间，生产机车的各种配件，为民族工业的起步、发展贡献了才智。

孙仲蔚是交通部路政司考工科长、技正，是技术委员会和购料委员会委员，那是在民国七年以后。其间，孙仲蔚拟定了中国铁

孙仲蔚（1889—1949），名文耀，字仲蔚，生于嘉善魏塘镇。清光绪三十四年（1908）上海震旦学院毕业，考取浙江省第一届官费留学比利时罗文大学资格，攻读工程技术、机械制造及矿冶工程。学成归国后去长辛店机车车辆厂，先后任工程师、副厂长。后调去交通部任职。民国三十五年（1946）后，先后受聘任教北洋大学北平分校、唐山交通大学。1949年6月因心肌梗塞辞世。弥留之际，嘱咐子女将老宅六十余间房屋捐献给国家，以示对新中国的拥护。

路早期的技术标准和规章制度，后来交通部门一直沿用了二三十年。

在中国铁路交通事业发展的早期，孙仲蔚全身心地贡献了几十年。即使劳累过度，即使疾病缠身，依然无怨无悔。

对孙仲蔚一生的最恰当评价就是，孙仲蔚是中国铁路机车工业发展的技术先驱，是中国铁路交通事业发展的技术规划与标准探索者。

如果用呕心沥血来形容孙仲蔚，相信是不会引人非议的。

胡蒙子：一生只为教书育人

如果要找一个恰当的比喻，我竟想起了那株苍虬挺拔的老柏树，那株依然在校园里挺立着的明代老树。而且，是时至今日仅剩的一株。

当一个人能够让人想象成一株树，一株高大而又苍劲的老树，那么，这个人肯定是非常值得敬重的人，甚至是可以用高山仰止来形容的人。

胡蒙子的身影便是可以这样来想象的。每一次走进校门，迎面而来的那株老树，那株自明宣德年间开建学宫以来就在那里矗立着的老树，无论校门口的牌匾如何更替轮换，老树所经历的岁月，始终

胡蒙子（1880—1955），名兆焕，字梦朱，号蒙子。西塘镇人，教育家。清光绪二十五年（1899）秀才，三十二年入学上海师范学堂。尔后三十年从事教育工作，在浙江省立第二中学、江苏南通女子师范学校、上海浦东中学、南京中学、南高女中、宁波中学和浙江大学、西南联大等任职。其中，民国十五年（1926）创办嘉善县立初级中学并任校长，倡导教学改革。民国三十六年被聘为嘉善县修志馆馆长。1949年当选嘉善县首届各界人民代表会议代表。1953年受聘为浙江省文史馆员。

未变，一直是琅琅书声，一直是莘莘学子。

胡蒙子的身影是在近百年前出现在那里的。胡蒙子将学宫改建成为县立初级中学，担任了这所开启嘉善现代教育事业先河的首任校长。从此，胡蒙子的身影就和这株老树一样，留在了那里。或者，也慢慢地变成了一株老树，也是一株苍然而挺拔的老树。

胡蒙子一生都在做教书育人的事。为国树人，上下奔走，在杭州、宁波，在南通、昆明，在浦东、嘉兴……无论在何地何处，那匆匆忙忙的身影，总是站立在三尺讲台上。

胡蒙子，就是一株老树，每年都会萌发新芽嫩绿。在这一株老树的身后，应该有千千万万株或高或低、或粗或细的新树，正在慢慢成长为支撑起一片天、一片地的栋梁。

柳亚子：在乐国的吟诵声中流连忘返

乐国是古镇西塘的一家酒店。

乐国也是一本诗词唱和合集的名称。

因为柳亚子的出现，因为柳亚子的流连忘返，成就了古镇西塘的一桩文雅趣事，成就了现代西塘文化的西园雅集、乐国风骚。

柳亚子（1887—1958），字人权、稼轩，号安如、亚庐、亚子。江苏黎里人。现代诗人，著名民主人士。南社创办人，民盟中央执委。

柳亚子到西塘，除了吟诗唱和，就是吟诗唱和。

在西园，柳亚子和这一众诗朋文友拍了合影。所以，我们能够看得见那个头戴西瓜帽、身着长衫、手持文明拄杖的柳亚子，好有风采，好有意气。那合影题名叫“西园雅集”。

在酒家，柳亚子和这一众的诗

朋文友把酒临风，吟诗唱词，弄了一本叫《乐国吟》的诗集。所以，我们能够读到这一众纵酒狂欢的骚客，豪爽、率真，直将酒家当乐国，“豪情历历扪胸在，拼得如泥一醉休”。

或许，在柳亚子和这一众诗朋文友的心中，西塘就是乐国，西园就是乐国。

当然，恣意纵情的酒家更是乐国。

西塘的乐国，之于柳亚子的理想追求，之于柳亚子的情怀寄托，应该是一个温暖的记忆，也是一个平复情感、慰藉心灵的港湾。

柳亚子是以诗人文友的身份来到古镇西塘的。而经过古镇西塘的乐国之恣意纵情、流连忘返，柳亚子竟然勇敢而坚定地走向了于国家、于民族的更崇高而又远大的追求。

那么，古镇西塘的乐国酒店，应该可以算是柳亚子人生之中的一个符号、一个音节，而且，是相当重要的。

余十眉：雨打芭蕉风吹柳

你是一个经历过惊涛骇浪的人，曾经意气风发，曾经斗志昂扬。

和你同时代有报国之志、有爱国之心的青年一样，你也曾站在了拯救这个饱受苦难的民族、这个历尽欺凌的国家的最前沿，吟诗为文，呼啸呐喊。

一江春水向东流，奔腾到海不复返。而你的脚步，在大浪淘沙的激流中悄悄地停息了，不再是“半壁河山斜照里，东南王气已全收”（《五月九日南社雅集海上愚园云起楼次芷畦韵》）。你是以一介书生的清高和淡然，站立成为一枚沙砾，或者是一棵楝树，“东南声鼓连天紧，万事仓皇一笑休”。（《和

余十眉（1885—1960），名其锵，字秋槎，号十眉，西塘镇人。诗人、教育家。早年毕业于浙江两级师范学堂，先后在上海、松江、嘉兴、嘉善等地任教。民国元年（1912）与柳亚子、陈巢南等结识，并加入南社，后又加入同盟会。六年，与柳、陈同

赴广州参加孙中山的护法政府，任宣传部秘书。十二年，与柳等发起成立新南社，担任书记处书记。著作有《寄心琐语》《楚辞新义》《余十眉诗词》等。

亚子初过乐国韵示巢南玄穆》）

沿着弯曲窄小的弄堂，走进这幢和其他建筑拥挤在一起的清代老屋，仍然留存着一、三、四进的规模。只不过即使依旧的石库墙门，依旧的雕梁画栋，再也没有了当年的诗书之雅、文人之气。

史料记载，柳亚子曾在这里下榻，南社和新南社的同人们曾在这里聚集、唱和。

“雨打芭蕉叶带愁。”闪过脑海的竟是这样一句诗，是唐人王维的。或许，是真的能够表达你经风历雨以后的心境的。而此时，当我抬眼仰望着这老屋满满的沧桑，有一种冲动，竟将诗句改写成了“雨打芭蕉风吹柳”，好像更能见证你的率真性情与坦然处世。

多少年以后，地方政府将余十眉故居列为县级文物保护点。

钱泰：一生为废除不平等条约而不遗余力

1919年的巴黎和会，应该是让年轻的外交官深受刺激的一次剧痛。

钱泰，英俊潇洒，风华正茂。而就在他曾经求学并获得博士学位的法国巴黎，年轻的外交官经历了一场让每一个有良知和正义感的中国人，都深受屈辱的大戏。

钱泰（1886—1962），字阶平，嘉善魏塘人。外交家。清光绪三十二年（1905）贡生，法国巴黎大学法学博士，先后任职京师地方审判厅主簿、司法部条约司司长、国际司司长等，派驻西班牙公使、比利时大使、法国大使等。后定居美国。著有《中国不平等条约之缘起及其废除之经过》。

那是一场弱肉强食的外交大戏，一场西方列强侮辱中华民族的大戏。作为战胜国的东方大国，竟然会被要求继续割让胶东半岛的主权，只是将凶残的德国换成了更加贪婪、更加凶残的日本国。

看着那两把空空如也的椅子，看着那空无一人的签字桌子，上面写满的一定是受尽了屈辱的无奈、愤怒、仇恨。顾维钧选择了以缺席来抗争，羸弱的东方大国选择了以不签字来表达不平。

巴黎和会的拒签，与其说是中国人在用隐忍的方式表达内心的愤怒，倒不如说是以顾维钧为代表的中国外交家爱国情怀与人格魅力的张扬。年轻的外交官钱泰也正在此列之中。

或许，正是这一幕大戏的过于屈辱和悲凉，让钱泰将职业外交家的一生，全都交付给了为废除不平等条约而努力。

从巴黎和会到华盛顿会议，从布鲁塞尔的九国会议到联合国成立大会，外交家钱泰始终不渝地在追求平等，在维护国家的尊严和领土完整。

《中国不平等条约之缘起及其废除之经过》，是钱泰留给我们的呕心沥血之作，也是钱泰毕其一生的研究成果汇集和外交经验总结，展现的是一个职业外交家真挚的爱国情怀和执着的敬业精神。

张天方：一生追逐光明追求进步的人

张凤（1887—1966），字天方，嘉善魏塘人。考古学家，诗人，学者。清光绪二十九年（1903）秀才，法国巴黎大学文学博士，上海暨南大学教授，杭州大学教授，浙江文史馆馆员。一生涉猎广泛，著作甚多，名列《中国现代社会科学家传略》。

秀才、举人、博士，是你不断学习和成长的标签。

诗人、学者、教授，是你努力追求和奋斗的符号。

如果，一定要寻找最能书写你一生波澜壮阔传奇的一个称号，那么，应该是革命的、进步的文化名人。

你的一生都在追逐进步。

你的一生始终在向往光明。

你以敢于牺牲的勇气，将“光复”的旗帜插上了城楼，让千年古城走向了共和。

你以愤然退回“良民证”的义举，将“岂可降身作奸贼，屈膝作顺民”的呼喊，让万千民众看见了挺直的脊梁。

你学贯中西，博通古今。作为一位前辈乡贤，你的足迹到过法国，你的探求走进了远古良渚，你将《孔雀东南飞》译成法文介绍到了西方，你为良渚文化的考古研究开了先河。在你的身后，留下的是包括甲骨片、玉璧、石器等一批宝贵文物，是《汉晋西陲木简汇编》《甲骨刻字考异补释》《天目考古录》《张凤字典》《天方楼诗词》等一批研究成果和著作。

你，张天方，用一生的追求，让我们高山仰止，赞叹不已。

丁悚：中国现代漫画的开先河者

如何去理解十里洋场的人情世态，如何去看待没有了皇上以后的社会变迁……丁悚，用自己的眼睛，去看透了权贵们的丑恶之嘴脸、蛇蝎之心肠。

丁悚（1891—1972），字慕琴，枫泾镇人。现代漫画家。代表作品有《六月里的上海人民》《双十节》《虫伤鼠咬》等。

丁悚，用一种老少妇幼都能看得懂的艺术形式，画出了世道的不公、人心的丑陋。

这种艺术叫漫画，丁悚是第一个在《申报》发表漫画作品的人物。那是在民国元年（1912），漫画揭露权势人物只顾自己享受，不顾民众和国家利益的丑恶行径。

中国漫画一登场，便是这样的一种战斗姿态，这样的一种家国情和怜悯心。

丁悚的开场戏，就让漫画成为讽刺和揭露的艺术。堪称其最著名的代表作《某都督之口腹、之手、之脸》三幅系列漫画作品，将沪军都督描绘成为“杨梅都督”，一时轰动。

丁悚之于中国现代漫画艺术的发展，特别是20世纪二三十年代以上海为中心的漫画艺术的繁荣、漫画艺术人才的涌现，最大的功绩便是与一众同好在1937年的秋天，组织成立了漫画会。

漫画会让中国现代漫画发展，有了社会功能和价值的研讨与探索，有了绘画技艺的交流和切磋。

就丁悚而言，还有一个贡献就是培养和造就了一代漫画大家——他的儿子丁聪——小丁。

黄尧：中国现代漫画的“牛鼻子老道”

一个圆、二横线、三个点、四直线、五个圈。

这就是牛鼻子造型口诀，这就是牛鼻子漫画形象。

牛鼻子是黄尧，黄尧就是牛鼻子。

黄尧是二十世纪中国现代漫画的“牛鼻子老道”。

牛鼻子的形象，可以是穿西装的绅士，可以是拉黄包车的人力车夫，可以是逃亡的难民，可以是奋起抗争的战士。

牛鼻子的形象，甚至可以是傀儡，还可以是杀人不眨眼的刽子手。

牛鼻子老道黄尧还让牛鼻子充当了镇宅的门神、打鬼的钟馗。

黄尧（1917—1987），原名颂唐，后改家唐，字尧。嘉善魏塘人。漫画家，教育家。20世纪30年代活跃于上海漫画界，创作了“牛鼻子”系列漫画作品。黄尧的“牛鼻子”与叶浅予的“王先生”、张乐平的“三毛”，成为中国现代漫画的典型人物形象。抗战期间，在内地参与抗战宣传活动。20世纪50年代去了中国香港、泰国，后定居马来西亚从事教育工作，除继续漫画创作外，历时十年撰写了华人在东南奋斗发展史的《星马华人志》。

黄尧笔下的牛鼻子，从上海走去了重庆、贵阳、昆明，从繁华的城市走向了战火连天的山乡、边境。

黄尧让牛鼻子在不同的时候、不同的作品里饰演着不同的角色，成为那个时代各个阶层的象征性人物，变成了那个时代各种信仰的标志性神符。

黄尧最让人感动和激励的，是牛鼻子的救亡呐喊，呼唤了民众的觉醒，激发着民众的斗志。

黄尧自己是这样说牛鼻子形象的：“无论他所表现的方法怎样千变万化，但有一项主题则不可少，那就是中华民族再不是东亚病夫！”

牛鼻子喊出了：“中华民族到了最危险的时候！”

牛鼻子喊出了：“起来！起来！起来！我们万众一心！”

牛鼻子喊出了：“冒着敌人的炮火前进！前进！前进！进！”

那是《义勇军进行曲》的歌词，那是抗击日寇侵略的民族觉醒，那是“每个人被迫着发出最后的吼声”！

漫画家须具有进步的思想和高尚的人格。这是先哲的话语，用来评说牛鼻子老道黄尧，也是相当确切的。

高尚荫：在电子显微镜下研究病毒

在新冠病毒疫情再次肆虐的这个春季，我们想起了你，一生在电子显微镜下研究病毒的你。

你的名字叫高尚荫。在你的名字背面，镌刻着的是一份勇敢与坚定。

在你的履历表上，我们看到了许多的第一。

你建立了我国第一个病毒学研究室。

你创办了我国第一个大学微生物专业。

你创建了中国科学院武汉病毒学研究所。

你开办了我国高校第一个病毒学专业，成立了第一个高校病毒学系。

高尚荫（1909—1989），陶庄镇人。中国共产党党员，中国民主同盟中央委员。著名病毒学家，中国科学院学部委员。历任中国科学院武汉分院副院长及病毒学研究所所长、武汉大学副校长、湖北省科协副主席、湖北省政协副主席。先后进行了烟草花叶病毒、流感病毒、鸡新城疫病毒、家蚕脓病病毒、根瘤菌噬菌体、猪喘气病病原体、肿瘤病毒及多种昆虫病毒的性质及其与宿主之间的关系等研究，出版多部专著和译作，发表论文100多篇。其中，《昆虫病毒单层组织培养法的研究》获1978年全国科技大会成果奖。

换一句话说，你就是我国病毒学研究的开拓者、创始人。

研究病毒，并使病毒的实验室繁殖成为可能，是你的开创性成果。

诚然，我们无法用语言来描述你的科研业绩。但是，我们知道正是因为有了你的开拓和创新，你的研究和成果，我们才会有勇气面对病毒，才会有信心战胜病毒。

人间四月天，一切应该都是欣欣向荣，一切应该都是春意盎然。

新冠病毒疫情还在肆虐着，“大白”们忙碌着，志愿者们忙碌着，城市也忙碌着，乡村也忙碌着。我们在想念你的时候，心中坚信着的是，只要科学抗疫，就一定能迎来“春”归。

沈少泉：在田野里飘飞着永恒的天籁

你用歌声，叫十二月的花儿在农时的季节里次第开放。

你用歌声，将“五姑娘”的凄美爱情在水乡的田野里成为千古绝唱。

你啊，你还用歌声，让黄浦与太湖早在半个世纪前就结了亲。

真不知道应该怎样来叙说你，叙说你的歌声，叙说你的天籁。

你是一个生于斯长于斯的农民，你的天籁歌声飘飞在田野，空旷，辽远，含着稻花的香味，含着泥土的气息。

那是源自远古的一种韵律，那是发自内心的一份激情，用文字很难记录，用语言也很难表达。所以，

沈少泉(1911—1990)，姚庄镇丁栅张安村人。浙江省民间文艺家协会会员，著名田歌手。

只有站在田间地头，和着春天的风、夏天的雨，和着秋天的丰收、冬天的向往，才能静心地去倾听，再倾听……

或许，那歌声里伴和有六千年前石器、陶罐的叮咚撞击，还伴和着新社会新生活的喜悦与快乐，也伴和着新时代新征程的追求与梦想。

这天籁般的歌声，拥有着一个非常民间的名字，叫田歌，嘉善田歌。

而你，也享有着一个响亮而自豪的称呼，叫作田歌手。

顾功叙：探究地球物理属性的人

七十年以后，顾功叙依然记着少儿时来之不易的读书机会。

1989年12月，已经八十二岁的顾功叙，曾给家乡写过一封充满情感的信，一封可称为“家书”的信。

幼年家境清寒，在亲戚朋友的资助下，顾功叙才有机会进中学、上大学。“我之所以能升学，也是经历了极为坎坷艰难的过程。”顾功叙是这样叙说的。

唯其艰难，所以会倍加珍惜；唯其坎坷，所以能更加努力。

理论研究和找矿实践，就是顾功叙从青年学子到垂垂老矣的追求与发现。

发现了大庆油田，发现了鞍山

顾功叙（1908—1992），天凝镇洪溪村人。中国科学院学部委员，著名地球物理学家，地震学家。历任中国科学院地球物理研究所副所长、研究员，中国地球物理学会和中国地震学会理事长。是一至七届全国人大代表。对中国地球物理勘探事业和石油等矿产资源发现及开发做出了重要贡献。著有《大庆油田发现过程中的地球科学工作》《地球物理勘探基础》和《地震预报》。

铁矿、包头铁矿、大冶铁矿，发现了红透山、华阴铜矿……

顾功叙的一生，就是在探求地球的物理属性，就是在寻找造福人类的石油、金属矿石。

勤奋与意志，给予了他克服困难的力量。

在那封家书中，顾功叙就是一个长辈、一个乡贤，寄语家乡的孩子们要“好好学习，勤奋攻读”。

因为，在顾功叙的心中，始终留着他自己十二岁离乡求学的印记。

因为，在顾功叙的心中，始终牢记着“守大本，立志报国”的家训。

顾功叙，一个探究地球物理属性的人，毕其一生忘我科研，终其一生无私奉献。

顾锡东：一个让所有人都愿称呼为“伯伯”的老人

对你印象深刻的画面，是那一抹浅浅的微笑，那一缕淡淡的烟雾。

你的慈祥，你的睿智，就在你的手指缝里，缭绕如缕。

一支香烟，一支钢笔，你让自古到今的历史演绎成了舞台上的感人故事，让千姿百态的世间幻化成了舞台上的动人传说。

一出《五女拜寿》，写尽了世间的兴衰荣辱，写满了人伦的悲欢离合。

一出《陆游与唐琬》，充满着美不胜收的诗情画意，尽显着无以言表的人间情爱。

你啊，一生笔耕不辍，一生创作不止。

顾锡东（1924—2003），西塘镇人。著名戏剧家，曾任浙江省文联主席，是浙江当代戏剧创作领军人物，创造了浙派越剧的辉煌。一生创作上演了60多个剧目、6部电影，多次荣获国家级奖项，被誉为“20世纪中国文化名人”。主要作品有越剧《五姑娘》《五女拜寿》

《汉宫怨》《陆游与唐琬》和绍剧《孙悟空三打白骨精》(电影) 等。

你那令人高山仰止的艺术成就，让嘉善田歌《五姑娘》成为永恒的戏剧创作题材，让越剧“小百花”成为崭新的戏剧繁荣形态。

所以，人们将你比喻为一棵参天的艺术大树，枝繁叶茂。

所以，人们把你赞颂为当代中国戏剧艺术的巨匠，光耀千秋。

只是，当水乡古镇的街巷里再次传来那温润、委婉的越韵唱腔，你的身影仿佛依然在款款而行。这时，所有人的心中都会默念那个称呼，喊你一声：顾伯伯。

那是对你最动听的一个称呼。

孙道临：在古镇的老街小巷里寻找乡音

当一种声音从古镇的老街上、小巷里，飘荡、汇集，停留在你的脸上，写下了惬意和神往。

你知道，那就是故乡的声音，那就是你始终无法割断又时时牵挂的浓浓乡情。

小桥流水，吴侬越语。此刻，你应该就在古镇，就在每一个角落都浸润着江南烟雨，每一个犄角旮旯都充盈着水乡风情的老家故乡。

你的身影里，已经不再有萧涧秋的二月春早、李侠的永恒电波，也不再有詹天佑的铁路实业、周朴园的风雨雷电，更不再有哈姆雷特的毁灭与重生、普希金的情与爱……

依旧寒霜的二月，你在晨曦微

孙道临（1921—2007），原名孙以亮，出生于北京，原籍嘉善。著名电影表演艺术家、导演。参演的主要作品有《早春二月》《乌鸦与麻雀》《永不消逝的电波》《渡江侦察记》《雷雨》《一盘没有下完的棋》《家》《詹天佑》等，被中国电影表演学会授予“终身成就奖”，中宣部、广电总局、文化部授予“国家有突出贡献电影艺术家”称号。

蒙之中登上了离岸的水乡小木船；警笛声声的黑夜，你坚毅地敲击出了“同志们，永别了”的密码；崇山峻岭之间，你将墨色的枕木铺排成远去的铁路；电闪雷鸣之时，你把一种伪善撕裂、扯散；站在天堂与地狱的十字路口，你的灵魂被无情拷问；倚在繁花似锦的窗下，你用无法复制的声音去歌唱、去吟诵……这一幕幕，便是你在银幕、在舞台留下的永恒。

“在门前的水井边，有一棵菩提树。在它那浓荫下面，我做过无数的甜梦……”这是你用心吟唱了半个多世纪的歌，是你的艺术世界，你的心灵独白。

你用一生的艺术创造，集合了一个时代的道德、修养、热情、才华，让自己也成长为中国电影的一棵常青菩提树。此时此刻，你仿佛依然在古镇，站立在古镇的老街、小巷，和你的亲人、你的家人，和你的知音在一起，和你的故乡在一起。

山高水长，听到了你那充满磁性的声音又在响起，融汇进了那一片绵绵无尽的乡音里……

跋：用自己想象的样子来叙述历史

曾经的一段地方志编撰工作经历，让我欲罢不能地迷上了对嘉善历史文化的探究。所以，近几年来零零落落地写下了一二十篇关于历史人物和事件的文章，并于2019年8月在上海文艺出版社结集出版了《官塘之上——嘉善历史文化的梳理与解读》一书。

尔后的这些日子，又将目光聚焦在了承载了千百年来历史的那些人物身上。

每一个人物，都是生动的历史。每一个人物，都在书写着历史的生动。

嘉善县建置的时间在明朝中期的宣德五年，也就是1430年。在历代志书中，对历史人物的追溯，一般是会从唐朝中晚期的贤相陆贽开始。鉴于伍子塘在嘉善的重要历史影响，我将春秋吴越争战的吴相伍子胥，放在了所有人物的最前列。我有这样一个没有经过论证的判断，伍子塘应该是有记录的第一条以历史人物命名的运河。不论伍子胥当年开凿的目的为何，时至今日，依然是一条纵贯嘉善南北全境的有价值的航道。至于在嘉善境内，与伍子胥、与吴越争战相关的地名、传说，依然是民间津津乐道的内容，英武而悲壮。

在这里我关注了这样几类历史人物：一类是像伍子胥这样对嘉善历史影响深远的，如伍子胥、陈舜俞、胡概等；一类是在嘉善任职并有作为的，如郑时、倪璣、江峰青；一类是出仕在外，功勋卓著的，如柳约、项忠、陆埏等；一类是以自己的作为书写嘉善文化辉煌与精彩的，如吴镇、周鼎、袁黄、张天方、顾锡东等。我共选择了103位历史人物，写了100篇小型散文，既是生平事迹的叙述，又是历史影响的评说，即使是一孔之见，也力求能成一家之言。

从唐宋到元明清，乃至民国，对嘉善的历代人物和历史事件进行分析，可以得到两个非常重要的发现：

一个是宋元以后，特别是在明代，随着江南文化的兴盛与繁荣，嘉善文化作为地缘和人缘都是“身在其中”的一部分，自然同步同时呈现了兴盛、发达景象。作为“元季四家”之一的吴镇，其在书画艺术创作的成就，令人高山仰止。作为“东林六君子”之一的魏大中，以其忠贞和惨烈，被誉为大明三百年之第一人。作为影响明清文坛的柳洲词派，以其一邑文风之盛、词家之众，当属中国文学史上之仅见。而作为嘉善社会呈现着的一个个性相当明显的文化现象，那就是家族文化的持续传承与发展，有的一直沿袭到了清代，涌现了以吴镇、吴弘道为代表的吴氏家族，以魏大中、魏学濂父子为代表的魏氏家族，以项忠、项元汴、项圣谟为代表的项氏家族，以袁仁、袁黄为代表的袁氏家族，以钱继章、钱士升为代表的钱氏家族，以陈于王、陈龙正父子为代表的陈氏家族，以曹尔堪、曹庭栋为代表的曹氏家族，等等。

一个是明清更替，成为嘉善人文历史的一个重要分水岭。明末的反清复明斗争，嘉善和江南各地一样，众多士子文人都积极投身其中，致官宦归隐、名士壮烈、义军遁迹江湖，展示了非常强烈的民族气节和情怀。入清以后，以名门钱氏家族严守家规，历二百多年之久，再无一人入朝做官为标志，嘉善就不再涌现具有重要历史影响的政界人物了。清末及至民国，随着淞沪开埠，除文教医外，兴办实业和经商贸易渐成经济发展主体，众多实业家和商贸活动人物开始登上舞台。当然，在抗日救亡的烽火硝烟之中，也有甘洒热血的仁人志士；在富民强国的建设热潮之中，也不乏只争朝夕的英烈劳模。

用自己想象的样子，评说历史人物，叙述历史故事，力求细腻、清晰，娓娓道来，既见抒发议论、感慨，又欲与人共鸣、同叹。

当然，历史的生动，是任何文字都无法全部传达和描述的。每一个人，都只能站在自己可以登临的高度，去叙说曾经惊天动地的事件，去阐述依然高山仰止的人物。或许，能让读到这些文字的人在了解历史文化、知晓人文传统的同时，产生一些人生的感悟和启示。这样，就是我想象和追求的那种状态，真正地让历史之光照进了现实。

陆勤方

2022年7月28日